梅·萨藤作品

May
Sarton

海边小屋

[美国] 梅·萨藤 / 著
杨国华 / 译

译林出版社

前 言

一九七三年五月迁入海边这所住宅后，心里琢磨着要记日记，记下对这里的最初感受，我生活中发生的重大变化的新鲜记忆。然而有一年半时间，我被一种强烈的意愿驱使着：在讲述此地生活之前，先默默品尝它。几个月以来，海水是那样平静，如同一剂镇静剂。这使我不时在想，我是否犯了一个致命的错误，永远不会写作了。《独居日记》在某种程度上一直是在讲述我内心的痛苦。是幸福不易表达，还是人在幸福时很难有什么欲望去归纳日常发生的事情？我脑海中开始被几年前读过的东西缠绕着，大意是日本人在和平时期只描画扇子。

那么我又为什么要搬迁，离开纳尔逊以及那里的朋友，离开那使我懂得了那么多的村庄，离开那“山丘之家”——唯一属于我自己的房子，离开那我洒了那么多汗水、辛勤耕耘了十五年的园圃？那么为什么在我生活的某一阶段，谨慎而为才是明智之举的情况下搬进一所比原来大得多的房子里？

做出如此重大抉择是基于直觉，而不是理智。这当中机缘起着部分作用……当初也是偶尔的机缘令我停留在纳尔逊。那还是在十五年前，我徒劳地在海边寻找房子——寻找海边一处私密的住处，周围要有一片空地，可这样的房子都超出了我的经济能力。现在想来，我意识到离开纳尔逊的决定其实在我心里已酝酿有一年多了。我知道是该离开那里了，是该彻底改变我生活的时候了。

当然这样做是有原因的。我的房子坐落在村里的公共草地上，太显眼。去年有很多陌生人找上门来，我感到像住在博物馆里，成了公众好奇的目标——也许是奉承，但实在难以应付。如果拒绝那些来访者，我心存内疚；但邀他们进屋我又觉得遭到了侵犯。另一个原因是我的朋友奎克和珀里·科尔均已去世，他们是我在那里结交的两个主要朋友。当然最为直接的原因是，在纳尔逊的最后两年，我个人经历了一场令人难忘的痛苦，那房子本身时时让我感到忧伤。

尽管如此，如果不是一次特殊的机缘，不是那特殊的友谊为这重大转变敞开了方便之门，我也许还会继续待在那里。是守护神一直在保护我吗？看来如此。一九七一年四月九日，我的朋友玛丽-莉·斯马特和贝弗莉·哈勒姆从缅因州奥甘奎特来纳尔逊，为贝弗莉的回顾展取她的单版画。她们极为兴奋，因为刚在约克海边买了一个旧庄园，正计划在礁石上造一所现代化的房子。两人生动地描绘着庄园里开阔的田野、礁石、海滨、池塘、一片沼泽地，庄园后有大片树林，她们还把照片拿给我看。我倾听着。之后我告诉她们我心情抑郁，好像生命走进了一条死胡同。那时贝弗莉眼里闪闪发亮，说道："再瞧瞧那幢老房子。"我仍然不解其意。她们曾提到庄园里有一幢房子，可我不曾真正留意过。所以我再一次看那照片。一幢用木瓦盖的、有多扇窗的房子，坐落在一个山坡上。房子背靠高大树林，从那里越过漫漫田野，可以眺望大海。

"为什么不到这里来住，跟我们租这房子，在此安居下来？"

我当时吃了一惊。即使我可以搬迁，我敢吗？在这一切之后我又怎能离开纳尔逊？难道我真要这么做吗？

我打算到那里去看看。当我站在宽阔的露台上，四下眺望那无垠、平和的田野一直延伸至闪光、宁静、蔚蓝、宽阔的大海时，便不由自主地做出了决定。我不得不来。开始倒不是这房子，而是那景致别有魔力。毕竟斯蒂文斯夫人——我小说中的一个人物，此人物有些像我——觉得大海才是她最终的灵感。

有两年时间我梦想着这种变化，卖掉纳尔逊的房子，到此地开始新的生活。在第二年年底，我把房子卖给南茜和马克·斯特雷奇夫妇。卖给他们最适合。他们年轻，决定在乡村生活，在那里抚育孩子。这样的村庄正是他们所企盼的。马克那时是一个墙柜学徒木匠，打算把谷仓改造成一所木工房。

与此同时，我不停地到怀特诺尔去，测量靠墙书架的尺寸，把屋外大走廊改造成屋内的一部分以便放置那比利时老式家具，在书房内铺上黄地毯（可以使我常常想起纳尔逊的黄色地板)，又为很暗的厨房挑选漆料，体验置身于宽敞空间的感受。埃莉诺·布莱尔建议我把那个大飘窗改造成一个花卉窗台。这一改，比我想象中的要好得多。它看上去真像一个小温室，一年四季鲜花常开。最初在这些宽敞、阳光充足的房间里走来走去时，我关心的是我的工作室安置在哪儿。最后当我爬上三楼时，我即刻觉得那便是我的工作室。房间镶嵌着柔和的棕灰色木板，屋檐下的几扇小窗一边俯望着延伸至大海的田野小道，另一边则可看到树梢，这是由于房子坐落在山坡高处的缘故。

“那小道……”

如果说这里有许多不可抗拒的魔力的话，那么其中之一便是那弯曲延伸至大海的小道。小道始于门前草地上的青石板，穿过两大片松林，然后蜿蜒伸展到冲浪台。六月间它穿过盛开的百合花丛，盛夏时走进高草深处，九月中没入遍布的金针紫菀。放眼望去，这一切弥漫着一种神话般开放又神秘的气氛，使每到此地的人不由得想要探究一番。这是这里的标志，大概也是前房主安妮·罗伯特的特征。

她来到此地后，在住宅两翼扩建了与房子连在一起的游廊，垒筑了大露台和石墙，种下花草树木，围起园圃，使相当朴实的住宅变为气派的“避暑之舍”。无疑又是她安装了落地窗，围起了弯弯曲曲的栅栏，搭起了六月时爬满白色、紫色铁线莲的凉亭。大概也是她，在房子后栽种了松树、云杉、铁杉及橡树。这样一来，房子背靠一片小树林，上有绿荫遮蔽。

她的存在无处不在，一种完全充满仁爱的存在。我在想，如果她知道又有人在耕耘她的园圃，栽种球茎、牡丹树、杜鹃花，使园圃生机勃勃，她一定会很高兴的。她爱这地方，她对这里的爱以及这里带给她的欢乐一直在感染着后来者。

从一九七三年五月搬过来没几天起，我就知道“我悄然溜进这宽阔的地带，这妙趣横生的世界，这令人惊异的天然乐园与栖息之地，就像一条船驶进了它停泊的港湾”。然而在一年半之后，我才觉得写日记的时候到了。原本想记载我在这里的快乐，但记日记不能计划在先，不能随意愿而记。我预料不到在一九七四年和一九七五年之间，我会失去三位多年的老朋友。我也不可能知道一九七五年春，我喉咙会突然感染，差点造成严重后果。这样日记就成了从欢乐开始，到后来以接连不断的悲哀和疾病的打击结束，尽管主题仍是围绕大海、海边小屋以及海边园圃。

最初决定来这里的时候，我同时做出了另一个重大决定，要带一条狗来。这是我的第一条狗。这里远比在纳尔逊的住宅要偏僻得多。第一年我到这里会是独自一人，因为玛丽-莉和贝弗莉的房子正在建造中。而狗，正好能和我做伴。这同时我喜爱上了皮克斯，是住在纳尔逊公路不远处弗伦奇家的一条喜乐蒂牧羊犬。我恳求他们等它下了小崽时，让我抱一条。这样塔玛斯就走进了我的生活。它三个月大的时候开始和我一起生活，晚上睡在我旁边，白天我工作时，它在我书桌旁边的小围栏里玩耍。六个月时，它和我一起去学校。这样到我搬进这住宅时，它已变得很乖顺了。

我对有关狗的一切完全无知。我曾喜欢上一条很特别的狗，即塔玛斯的妈妈。但对这类狗的品种，除了知道它们漂亮敏感外，其他我一无所知。幸运的是，喜乐蒂牧羊犬天生是看守者，而不是猎狗。所以塔玛斯可以随时到外面去，很安全，即使我外出半天，它也绝不会跑丢。它还看守布兰波，那最后一只我在纳尔逊驯服的野猫。对它来说，这汪汪叫的小狗的到来是一件痛苦的事情。有三个星期它都不到我的床上来，大部分时间待在外边。但塔玛斯却学乖了，它不再汪汪叫了——那天下午布兰波蹲在我旁边沙发上，塔玛斯走近它，很安静，那情景多么动人。我亲眼看见了这一幕，眼看它想要叫出来，然后抑制住了。那一天有那么一阵子，它们身挨身地坐着，然后一点一点地，很快成了朋友。

每天早晨完成案头工作后，我们都会在中午前一起出去散步。穿过树林，在土路上顺着沼泽地绕一大圈，然后回家。晚上它们俩都睡在我床上，布兰波想进来时，就从窗户进来，然后常常是天不亮就又钻了出去。有了动物，独居生活便有了一种特殊的内涵，鲜少孤独。布兰波和塔玛斯为我带来安慰和快乐。

生活中还有一位家庭成员每月来逗留一两天，即朱迪丝·马特拉克。我们在剑桥一起住了许多年，现在她住在马萨诸塞州康科德市的养老院。三十多年来，她一直是我家庭生活中最亲近的成员。尽管她心智衰退，不再记得我们的欧洲旅行以及我们在纳尔逊度过的每一个夏天，但没有她在，就不会有圣诞节和感恩节，我会觉得像孤儿一样。在这部日记中我也记载了对生活中亲密伴侣年迈衰老的体验。

在怀特诺尔海边生活的岁月里，我的生活变得开阔，而不是狭小了。不仅是这里的房子比在纳尔逊的更大更舒适，而且我的生活也改变了。在工作中认识的许多朋友的来访滋润了我的生活。这些朋友多年来一直写信给我，最后总算会面了。这些新老朋友来自南达科他或俄亥俄，路经此地，顺便来访。每个人迟早都会到缅因州来的！我设法每次只见一个。我的意思是说，每一次会面都不是泛泛闲谈，而是对生活的真正交流，这样单独见面会比见一群人效果要好一些。然而大多数时间我仍是一人清净地独居。没有长时间的独自一人生活，尤其是在冬天来客很少的情况下，我就不会有任何产出，也就不会去敞开接受外界的赐予。独居取代了那强烈专注的个人恋情，在纳尔逊时那强烈的情感甚至把所有的空间都占据了。独居，像细水长流的爱情，随时间的推移愈发深沉，我深信即使我自身的创造力消失了，它也不会令我失望。独居是我走向终点之路。

怀特诺尔

1976年10月

海边小屋

1974年11月13日，星期三

终于开始记日记了。我住在约克已有一年半了，为此地美丽的景致所倾倒，但一直未想记日记，直到今天才开始。也许是在欧洲时（十月中旬去那儿待了一个月），什么事撞击了心灵。好长时间以来这还是第一次放唱片，诗句正在萌发。有两年了，我不能听音乐，因为在纳尔逊的最后两年如同地狱，打开那扇门会令我痛苦不堪。然而从定居这里的第一天起，我一直很快乐。自那以后，每到黎明我便起床观看日出。

生活中我被一种强大的魅力所吸引，即大海的魅力。但某种程度上，它所呈现的并非是我所想象的。我想象中的大海的魅力是波涛起伏，潮起潮落。但从窗内望去，我看不见礁石或是海岸线。越过田野，远眺大海，根本意识不到什么波涛，也感觉不到它在起伏。相反，我却沉浸在田野、海洋柔和的景致中。没有什么压力，这是我记忆中最为快活的一年（毕竟我还设法写了一本短篇小说）。

冰箱里放着几罐鸢尾和水仙花球茎。先把它们冷藏一两个月，然后再移到窗台上，那窗台真像一间小温室。此刻小温室看上去很美，一枝白色的樱草，三枝秋海棠，其中一枝鲜红，一枝淡绿，另一枝橙红。晨光洒进来时，这些花透明晶莹，流光溢彩。

有一年多，猫咪斯克朗布一直跟着我。这样朱迪从养老院来看我时，她就会看到她的老猫咪在欢迎她。搬到纳尔逊之前，朱迪和我有两只花斑猫姐妹，斯克朗布是其中一只。后来搬到纳尔逊，它们每年夏天都到我那里做客。

斯克朗布性格一直很乖僻，常常不见其踪影，神秘疏远，一抱起它，它便暴怒异常，却又渴望着爱抚。在我认识的所有猫咪中，它那双金眼睛看人看得最深。那眼神好像是人与人之间的对视。它在这房间里出没无常。它待在我三楼书房里——害怕布兰波和塔玛斯，它们也就不再上三楼去了。这样我工作时，它和我待在一起，但我明白我给它的爱是不够的，它需要更多的爱，需要像布兰波和塔玛斯一样和我睡在一起。为此它一直使我忧虑，我对它的牵挂远比我自己意识到的要深得多。

上星期六，我不得不把它处理了。它不吃东西已有些日子了——看兽医吃药也无济于事——所以我才做了那艰难的决定。离开兽医诊所，我没有料到心中的悲哀火山般爆发了。我哭泣不止，连账单都忘了付，不得不又返回去。回来的路上，我开车时几乎看不清方向。我感到心被撕裂了。

从各方面说，一只动物的死去比一个人的去世更糟。我想知道为什么会这样。一定程度上，这纯属于个人的内在及内心私密，是一个人与动物之间的关系，一种完全的依赖关系。开车回来时我不住地想，这一切都属于我的内心情感，这悲哀我解释不清，也不愿向任何人解释。此刻，六天以后，我开始感受到一种巨大的解脱。清晨五点时不再被从楼顶上传来的不耐烦的喵喵声吵醒："快起来，我该吃早饭了！"不必再因为它吃食很挑剔，得把一盒一盒吃剩的猫粮扔掉，也不必再费力地提着猫砂爬上三楼。然而，最重要的是，心头不再对它有那沉重的牵挂了。它是欢宴中的幽灵，除了它，这里其他的一切都很快活。

然而，唉，我的猫咪，我希望再听到你那罕有的呼噜声，渴望你那柔软的小脑袋再次轻轻地靠在我怀里被爱抚着。

近两年来，我目睹了太多的衰落，在欧洲时，那些八九十岁的朋友们，我也在和他们依依道别。也许我如此痛哭是因为斯克朗布成了这一切的象征——我们必须见证他人和自己无能为力的衰朽，年复一年。一个人该如何面对这些？

11月16日，星期六

宁静的黎明。首先看到太阳鲜艳的橙黄色光线洒在我的写字台上，坐起身来，看见地平线上红日刹那间跃出。一切都是那样寂静，片刻工夫，突然一个浪头打破了寂静，那轻轻的呼啸使我吃了一惊。

两天前，我感到格外的轻松自在，因为我把回来后堆在桌上的烦人的东西大部分都处理了。我所做的一切带来一种解脱的畅快。然而生活总得受打扰，理查德 ·亨利，唯一神教派牧师前一天晚上来了。他走后，我再没有回到那种感觉。

我和理查德·亨利见过几次面，我们一直都有联系，但这次我很困惑。他显出某种虚弱，心中保留着什么，好像我们不论谈什么总不得要领。我感到那位我遇见的善良、富有想象的人不是真的，那真实的人变模糊了……但这是什么造成的？职业责任感？人们生活的沉重感？

我猜想动物之所以可贵是因为我们和它们的关系很简单。我们的反应直截了当，它们也同样如此。昨天我们散步到礁石处，布兰波突然兴致勃发，尾巴急急地甩动着，跃入空中，塔玛斯瞧见了，便冲过去和它竞赛！多么快活的一幕！像往常一样，塔玛斯使理查德·亨利很开心。它真可爱，那热切的注视，对爱抚的渴望使每位来这儿的客人都立刻感受到欢迎和尊重。

我才又发现了尤金妮亚写的信。她是我的一位智利朋友（一位精神病学家），在伦敦我和她有过两次触及心灵的交谈。我要再读一遍这封信。信中结尾部分使我充满感激。三十年来，我们一直是朋友，但由于大洋阻隔，我们最近见面不多。智利人民的痛苦让她心焦，她常与难民们保持联系。她与家人的离散使她痛苦，其中有些亲人服务于智利军政府。

她说：

以后你会认识到这趟旅行都做了些什么。你所不知道的是这趟旅行在我们之间所起的作用。

当我最初看到你时，我没想到有那么多的自我仍然存在着，仍然活着。那是感情的迸发。一个人不敢触及的那部分自我依然存在，比以往更富有活力。我明白我的另一部分也活着，那是因为我的工作。好像一种发声的乐器，乐器的大部分每天都被敲击着，但只有需要用的时候才会这样。一个人的头脑总围着困惑在转，体会到了自己的情感，也就懂得了病人的心情。这与需要时允许自己被触及，同时做出反应的情况并不同。由于失去太多，我以为这种情况已不复存在。有一年时间我不能听音乐，一连几个月我拒人于门外。我不愿接近人，也不想让人侵入我因失去而正在修复的内心。就个人而言，我真以为我从此不再爱人们了。然而我却仍然爱着。那是一种非常美好的情感，对此我非常感激你。阅读你关于伊娃·列·高丽安[1]的文章，我发现我的工作和剧院工作有许多相似之处：沉默，意味深长的持久、强烈的沉默；在恰当的时间使用恰如其分的措词

1 伊娃·列·高丽安（1899—1991），美国舞台剧演员。

和语调。你尽可以权衡斟酌，但所有这一切均建立在真正的理解与感受上。换句话来说，技巧要变成人本身的一部分，要体现本质的东西。如果有几星期不工作，我就像生了锈的乐器，对自己发出的声音产生怀疑，对弹出的调子把握不准。

再提一下，与你交谈，提到的每一个人的音容笑貌都会使我联想到众多其他人，他们长时间地浮现在我脑海中。记忆的闸门打开了。

你看上去身体很好。很久以前在你需要帮助时，我本希望那时能帮到你，而不是现在，要是我知道你那时的情况就好了。对于你情感的波动，我想我是能理解的，我并不认为这是什么大不了的问题。不幸的是在美国没有几个分析家对这种情况有所了解。经过一段时间，倒是有些分析家知道这种情况。这问题不难对付，你为此而痛心使我感到难过。你人很好，有深度，易受感动，某种程度上有些坦率且不设防。对此绝不能有误解，当然很多时候许多人都会对此有错觉。也许你公开表达自己会使更多的人接受你，但同时也要有所提防以免受到伤害。人不能把慷慨（这会使自己开放）与随时可以得到混淆起来，不能认为得到是理所当然的事。慷慨是罕见的礼物，既不能滥用，也不可辜负。慷慨对于我们这些你认识的、在你周围的人来说是一件礼物，应该绝对受到尊重。假如你想要渡过这一关，我们会帮助你，不知为什么，我们这些在你周围的人没有认识到这一点。无疑我们不止一次理所当然地接受你的给予，却忘记了艺术家有着孩童般的天真之心。作为一个艺术家也必定是这样。就写到这里吧。

11月18日，星期一

黎明，草地上覆盖着厚厚的霜，屋后树林里一群乌鸦呱呱乱叫……昨天散步时就听它们在叫（我是指每天中午十二点前和塔玛斯的散步，布兰波愿意的话也一起去，穿过树林，围着沼泽绕一圈）。大概什么地方有只鹿受了伤，正濒临死亡？黎明刚过我就听到一声不祥的沉闷的枪声。这正是令人担心的猎鹿季节。散步时，我一直在说话，警告周围那些猎人不要开枪。

两三天前，开车和理查德·亨利出去，遇见一个拿着猎枪、一脸凶相的人。我停下来让他明白牌子上写着这是私人领地。他分辩说他要到树林深处去——言下之意是说那里不属私人所有。我知道这个秋季物价上涨，人们需要猎鹿为食，然而看到那猎枪，我有种说不出的惊恐。任何行走的动物都处在危险之中。比直接的畏惧更甚的是，我对持有枪支感到强烈的不满。每天有那么多人，好像出于偶然原因成了谋杀凶手，就是因为他们手中有这可怕的杀人武器——男人发怒，“砰！砰！”他的妻子或是孩子就倒下死去了。一个国家怎么能允许这种事发生？我们就这样容忍枪支制造商置我们于死地？发生了那么多谋杀及“偶然事故”，仍然不见对枪支有什么法律约束，真是不可置信。

今天早晨格外寂静，大海没有任何起伏，舒展蔚蓝，这种宁静随时都会被一声恐怖的枪响打破。我记得珀里年轻时也打猎，但到了晚年却不再杀生了。我听说有许多人都是这样。

然而猎鹿尚属合法。比这更可恶的是纽约十四五岁的孩子们，跟踪老年妇女，就好像跟踪动物一样，尾随入室，然后为一点点钱或一台电视杀人。我们对我们的孩子们做了什么，使他们这样冷漠无情？在杀人时，看到对方处于恐怖绝望之中，竟毫无人性地无动于衷？

前一天，一位朋友打电话过来，告诉我她在路上发现了一只直挺僵硬的死猫，她心里很不好受（我在纳尔逊时，同样的事发生在贝尔·加佐——布兰波的兄弟——身上，那是我曾有过的最心爱的一只猫。我记得我悲痛气愤得号啕大哭，就像哭墙下的犹太人一样）。凯说道：“直挺僵硬地横在路上，我从来没见过这种事。”她心中的痛苦和气愤会持续几个星期，也许有一部分会永远留在她的心里。

怎样才能使这些没有人性的男孩儿们变得富有爱

心？在杀生后，他们晚上是否会做噩梦？晚上做梦时是否又成为人？社会道德观念的崩溃到了最大极限，在这样的时刻对法律的漠视已潜入内在的自我，人们彻底变得冷漠无情。

战争会使人变得如此。我的天！然而在我们所处的时代，几乎无处不有视之为当然、令人不忍之事在发生，所谓文明的人得吃糖果、喝威士忌，而数百万人却死于饥饿。所以你能从中推断，这些道德上冷漠的男孩儿们之所以如此，是跟他们生活的时代道德准则有关。所有这一切最根本的是缺乏想象。如果能设想到我们在越南战争中所造成的后果，我们就不会再继续打下去。然而老妇怀抱惊恐万状、啼哭尖叫婴儿的形象只能在我们眼前掠过，却未能进入我们的意识中引起深思。难道目睹我们的孩子成为野兽是在偿还我们对越南欠下的血债吗？

我越来越相信，在文明生活中就像在个人生活中一样，有太多的东西不能接受，有太多的经历不可设想、不可思议、不可理解，其结果是摒弃一切——导致社会准则的崩溃。整个架构垮了，没有什么可以去“依赖”。

不难理解，处在这种时候，为什么狂热的信徒人数在迅猛增长。是恨，而不是爱，支配着一切。

这种情况如何去应付？最大的危险，正像我从自己身上看到的一样，是缩回到个人生活世界中去。我们必须要打开心中通道，面对痛苦的事实。与此同时，更为重要的是我们要享受真正的欢乐，享受那使我们激动的初升的太阳。人类文明取决于真正的欢乐，大自然、艺术及仁爱，这一切与金钱权势均无任何关系。这大概也就是为什么看到伦敦动物园的大熊猫后，两年来我第一次感受到内心又回到了诗的意境中。

11月19日，星期二

在园圃里搂树叶直到黄昏。树叶早该搂了，大枫树底下堆着的草已经开始腐烂。这活计可真叫人开心！开始有些担心，但我慢慢地干着，呼吸着新鲜的空气，试图回想巴兹尔·德·塞林科特[1]在园里干活时悠闲自在的情景，他到八十多岁时还在园圃里干活。搂着藤本月季周围的叶子，砍掉那些干枝枯叶，在大枫树下的圆形花坛上，塔玛斯喜欢躺的地方发现了三小株去年种的仙客来，它们竟然长出来了。有一株上开满细小鲜艳的粉红花朵。我本来打算让整个树下花坛开满这些密密的小粉花。看来我明年得再试一试，再多种一些其他花卉品种。园圃是多么永恒！想想十年后，一百年后……

---

1 巴兹尔·德·塞林科特（1877—1966），英国散文作家、记者。

11月20日，星期三

阴郁的一天下着雨，一切都是暗沉沉的。昨天忘了记下约人见面前发生的事。急赶着准时去和人见面，下楼时脸朝下跌倒，扭伤了肩膀。这使我恐慌不已，因为它使我清楚地看到一个人生活不利的一面。你会感到脆弱无力。我意识到原来我一直心存忧虑，如果发生了意外，塔玛斯该怎么办？那只猫可以从我卧室的窗口进来出去，可如果我出了什么事，可能好几天没人发现，塔玛斯可就被困住了（路易丝 ·博根就是被人发现死在她纽约的公寓里）。这担心应该让人有所警惕，的确也是这样，它告诫我做事不要太匆忙。大多数情况下，家里出事都是由于某人仓促行事……然而，比起有可能跌倒或心脏病突发这些寻常事，从更深一层上讲，我敢肯定，每个过了六十岁的人，大多数时候都会不自觉地想到死亡。

昨天收到一位荣格治疗专家的油印文章。她以《李尔王》有名的对白开始，“不，不，不，不！我们进监狱去”，来作为对步入老年的恰当比喻。她说：

> 这我们常常忽略的寻常表达所蕴含的智慧是在对我们说，“他在变老”[1]。我们不加区别地引用

---

1 原文为growing old，其中grow有“变成”和“成长”双重含义。

这句话来表达两种老年内涵，一种是随着成长步入老年，进入生命最后富有意义的旺盛阶段；一种是身不由己地被拽入老年，竭力抵抗挣扎，对不可避免的囚禁哀号痛哭。只有对用整个身心来说“我们进监狱去”的人，下面这段话才富有意义。

“我们两个人将独自在笼子里，像鸟儿一样歌唱。”我们可以这样想，在这样的背景中，科狄莉娅是老人内心世界中孩子的体现——他灵魂中的爱、勇气、纯朴和善良，承受过的痛苦磨难将他与此联结了起来。

成长为老年……“成长”的反面又是什么呢？我在问我自己。也许是“衰竭”？我猜想，衰竭进入老年很容易，但成长为老年却不容易。成长的另一个反面是退化，即从心理学角度来说是返回到人的幼儿状态。也许进入老年意味着接纳退化，这是整个生命神秘的发展过程中的一部分。老年人身上的孩子气是他用来对付缓慢的囚禁的一部分。其原因是他能做的甚少，带着孩子般的欢喜享受着眼前的一切。这是上帝赐予的一种恩典，朱迪和我在一起时我就见证了这一点。

对于像我一样没有固定工作、不能在一定年龄退休的人来说，无疑更容易变老。我是不会停止一直在做的事情的，我在挑选、塑造人生经历。记日记是一种很好的表达方式，比搞艺术创作要轻松一些，比如说，作诗需要高度的凝练，写小说要有充沛的精力。我发现日记是一个极好的容器，我可以把瞬间清晰的思想和感受注入进去，以此来整理日常经验（和马斯洛的高峰体验相反，高峰体验适宜作诗）。如果记日记为了出版要讲究艺术，同时又能体现私人生活内容，那么用伊丽莎白·鲍恩[1]的话来说，你必须要客观地去认识和表达自己。

11月25日，星期一

二十一日那天我和二十五万人，尤其是新英格兰的学生一起绝食。我强烈地感到我们不能眼看非洲如此多的人忍饥挨饿而袖手旁观。几星期以来，我心里难受至极，福特当局不做任何表示，布兹及其他人或多或少地对在罗马举行的粮食会议起了破坏性作用，我们积极行动也许会引起反响。像往常一样，出钱捐款是不够的，无论如何我们应该身体力行才是。

那一天凄风冷雨，我有许多东奔西跑的事情要做。中午时我心情烦躁不堪，下午六点我盼望着第二天早晨的到

1 伊丽莎白·鲍恩（1899—1973），爱尔兰小说家。

来。那天是一次很好的体验，我想我还会那样做的。

我对我们美国人有无法摆脱的梦魇，我们拥有很多“东西”，吃得也太多，这些都成为我们的重负。例如，昨天我看到有关报道，在食肉方面，美国人要比英国人高出五十倍。过分饮食使人懒惰，这与营养不良引起的情感冷漠不同。但我断定懒惰会使人感觉迟钝。我们许多人确实身体负荷过重。谁又能想象出那从未体验过的，哪怕是连一天也未体验过的饥饿感？

11月29日，星期五

浅蓝色的大海漂入黄昏。我雇的兼职园丁雷蒙德过来给蔷薇花培土。他取笑我对他不信任，他真的凭着某种神奇的第六感能把好多事情都做完——在十一点时都做完了！刚好在下雪前他用旋耕机把采摘园耕过，我把大枫树底下及附近花坛上的叶子搂了起来。

这是感恩节过后的一天。朱迪在这儿，自然我们在一起度过了感恩节美好的一天。感恩节那天寒冷风大，所以在这间舒适的屋子里燃起壁炉是一种必要，并非是什么奢侈。我们做了烤鸡、奶油洋葱、蔓越莓、西葫芦和土豆。过去朱迪做奶油洋葱做得极好；蔓越莓和西葫芦是格雷斯·沃纳带来的，采自他们家的沼泽；土豆是伍德森·巴顿家的。所有这些来自邻居朋友家菜园里的新鲜蔬菜使感恩节这顿大餐特别丰盛。烤鸡内的栗子填料让我想起了我母亲。摆放甜馅饼的那个巴伐利亚盘子（镶嵌着深粉红色和绿色的花朵），是安妮·索普在剑桥离婚后送给我的。每一个家庭这样的一顿饭里都掺杂着许多记忆，因为这些记忆，饭菜才显得特别隆重。我们用的银质刀叉，刻着贝壳花纹，是朱迪的母亲送的，我突然记起她母亲是波特兰市人……原来所有这一切绕了一圈或近乎一圈又回来了。

从另一方面讲，今年感恩节我在读一部不期而至的稿件，征询我对稿件的出版意见。人们知道他们自己究竟在提些什么要求吗？看似简单：告诉我你对我作品的看法。但并非那么简单，它使我非常焦躁，甚至气恼。他们要的是诚恳爽快的称赞，可如果你不能给予由衷的称赞，结果又会怎么样？这正是我焦躁的原因。我并不想妄自成为批评家，除非是对我自己的作品。我也并非有意要当什么权威。难道我对这种强求感到怨愤是粗鲁无礼吗？这位作者是一位舞蹈家。如果人们不停地找到她的门上，跳舞给她看，因为她们觉得自己的舞蹈和她的舞蹈相似，她又会怎么样？难道她会对如此打扰表示欢迎吗？这个要求到头来使我怨恨恼怒、心存内疚（我实在不欣赏她的作品）不说，还浪费了我很多时间。

不管怎样，昨天一天过得很好。朱迪和我一起看了一个很长的有关丘吉尔的特别节目。我注意到她看书时连几分钟都不能持续，却能全神贯注地看那么长时间的节目，感到开心。

对大多数年轻人来说，很难想象出英国战役、诺曼底登陆、英国第七装甲师——所有这些我这一辈人深有体会的事情——是什么样子，这些事对他们而言仅仅是历史，与玫瑰战争[1]无异。节目中最精彩的部分是引用了丘吉尔给他的部长们下达命令的场景——那些使人感动的细节令人惊奇，可以想象人们当时正奋力渡过难关，让人感到温暖。比如有一幕场景，建议食品部尽量减少粮食配给中的繁琐程序。还有他在大阳伞下画画的场面也使人动心。再次看到罗斯福在雅尔塔会议中病魔缠身的镜头，样子挺吓人的，看上去像一个幽灵。

12月1日，星期日

我觉得身体不舒服，上床睡了。担心是患了一日的流感，但今早却能像往常一样起来做早饭，做些家务，从地窖里

1 玫瑰战争，英国兰开斯特家族和约克家族的支持者之间的战争。

抱些木柴，把壁炉点燃，换洗床单，倒垃圾。精神好的时候，我很乐意做这些事情，但今天却想躺下来睡觉。九点半时，我上床睡了。朱迪带狗出去溜达。回来时，朱迪把狗关在外面，它不停地叫，因此我根本无法休息。末了，我朝楼下喊她，请她让它进来，不知为什么，她没理我。这一来，我自己跑下楼开门让它进来，一边恼火地喊叫。一分钟后，她又把它放出去，它又在那里吼叫！这种时刻，朱迪好像被一种对抗的灵魂附体……我不知该称它什么好。她变得越来越坐卧不安，我在这儿甚至写不了一小时，就知道她在四下乱走，进进出出。想到她这些日子有可能走进树林，迷了路被枪打到，或是塔玛斯被枪子儿击中（它看上去像只狐狸），我就不由得胆战心惊。

12月3日，星期二

昨日一场暴风雨把世界洗涤一新。那真是壮观！大风以每小时五十英里的速度把波浪推至几乎破纪录的高度（雷蒙德说是十四英尺？）。朱迪和我穿上靴子雨衣，塔玛斯跟着我们一起去观赏惊涛骇浪。我们踉跄地顶着大风，眼镜上覆满咸涩的水珠，塔玛斯身上的毛被刮得露出根部。到了观浪台时，我们只能伫立片刻工夫，那时惊涛骇浪汹涌呼啸，整个海岸白沫翻滚，像是在回应祈祷者的祷告一样，如果不是外在的狂风暴雨驱走了身上的紧张压力的话，这压力就有可能会在内心酿成一场风暴。

昨日舒适雅致的房间里炉火燃烧，我们在屋里度过了亲密美好的一天。我很感激那场暴风雨，我相信那场暴风雨平息了朱迪内心某种深深的不安。我们甚至外出取信，中午时到朴茨茅斯去办了些杂事。回到家来拆开两封美好的来信，一封来自比尔·布朗，另一封来自贝蒂·沃尔克，两人都是画家，都住在旧金山或旧金山附近。比尔自然使我回想起三十五年前的生活。我们一直在为各自的艺术奋斗着。他的来信总是富有魔力，带给我欢乐，就像昨天我读他的信时，跟以往一样，他的娓娓叙述在我心头萦绕。他和保罗历经坎坷，两人的关系牢固深厚，我几乎有些艳羡……然后我又想到我的独居生活，我再次体会到我与它结下了缘分，没有它，我会更加心烦意乱，不可能像现在这样。比尔写道："近一个月来，每天晚上我们都在欣赏壮观的夕阳。我们手拿酒杯坐下来，像孩子般等待着看对方为自己准备了些什么。我喜欢我们所有日常生活的小仪式。早饭期间，任性狂野的吉米（猫）溜过来，仍然是发出一声咆哮对我们道早安，而不是喵喵声——接着是玛·贝尔走进厨房，在那儿吃为它准备的软嫩食物。用完早餐，我们静静地在一起坐上十五分钟（我不会称之为沉思），然后我进画室工作一直到下午四点左右。这之后，我洗个澡，喝一杯酒，享受大厨保罗做的可口晚餐，接下来是阅读或听音乐。听起来像田园诗，其实我们自然有绝望、苦恼，各种使我们不停争斗的令人伤脑筋的事。”

这样的来信使得那一天像鲜花一样美好。贝蒂的来信也同样充满她对生活的感受及敏锐的观察……“又是那光亮，香槟酒清澈透明”……这样的语句使我心醉神迷。

梦境！自从我从欧洲返回后，我似乎一直在梦中又重新经历我的生活。昨夜大约有十人，包括赫胥黎夫妇、玛格丽特·克拉普，在我梦中浮现。

布兰波本是不喜欢让人抱的猫，现在每晚都爬过来躺在我怀里，对我又揉又压（有时弄得我很疼），大声地咕噜咕噜着。对这只野猫的驯养一直很有意思。

12月4日，星期三

我从未这么晚种球茎，可雷蒙德到底在围墙外挖了一小块花坛，不种怪可惜的，所以今天早晨我买了十八株郁金香，下午在碧蓝如洗的天空下把它们种进去了——冷得很！人们知道动物是如何四下奔忙，为过冬做准备的。我连续几星期都是这样，装上安全挡风窗，昨天买了防滑轮胎，又多准备了鸟食（五十磅葵花子花了十五块半，这数字叫人吃惊不小！）及壁炉木柴。今天又为十一月取暖用的油费付了两百一十一块。我不免有些担心，假如我一年写不出一本书，我的确不可能在这儿住下去。

每天下午，书房这里都很美，天空洒下余晖，大海映着夕阳，宽阔的海面一望无际，这一切环绕着我。清晨我不得不拉上窗帘，因为光线耀眼。

12月5日，星期四

今天早晨气温在华氏十度[1]。

醒来后感觉大脑像灌了铅似的沉重，使劲摇晃才醒来。自然心情也似铅一样沉重。这种现象不仅是受冬季来临的影响，同时也和这些日子我硬撑着对付年迈的到来有关系。现在不同年龄的人都开始懂得了生命是多么宝贵。

1 华氏温度，冰点温度为三十二度。华氏十度大约相当于摄氏零下十二度。

12月10日，星期二

几天来天气热得反常……今天又是如此。日出充满了浪漫情趣，天边的云片缀着绯红的边儿，然后太阳从两条灰暗柔和的云带中间升起。此刻是九点半，大海难以形容地蓝色绸缎般光滑平静，天上的云已散去，一片纯净安宁。

这周末我要去纳尔逊和韦尔斯利住上三天，所以一直没有坐下来写作的机会，因为要赶着把所有的礼物打包带去送给纳尔逊的邻居们。三天来我做了六款大约二百多块小饼干。做第一炉时，有一半烤焦了——糟糕极了！但这之后，我有了信心，后来做的烤得都挺好。把这些饼干分装进盒子里倒是蛮有意思的，最后总算差不多准备就绪了。

我一直在想着记下最近偶然听到的有关我母亲的两段感人的回忆。在俄勒冈州波特兰市韦斯布鲁克学院[1]朗读诗歌时，一位迷人的中年女子在招待会期间走到我跟前，她告诉我，在温莎中学上学时，我母亲是她的应用设计课老师。她说，那时候她们都盼望着上母亲下午的课，我母亲可真是一位富有情趣、了不起的教师。她们用明丽的色彩，在冰激凌包装盒和木碗上做简单的几何图形设计，设计成果很是美丽别致。这再一次证明，孩子们需要有可以发挥想象的东西去把玩——自然用现在的眼光看是不合时宜的。然而，各种

1　韦斯布鲁克学院于1996年并入新英格兰大学。

艺术都得有想象的空间，至少我是这样认为的。

另一次提到我母亲的是艾丽丝·埃肯的来信。我们头几年住在剑桥时，艾丽丝住在艾冯街十号公寓里，是我们的一位邻居。她来信说她刚看完《住宅与庭院》杂志上我写的一篇文章。文章里我提到，每年圣诞节时，我母亲都要为我的洋娃娃做精致的衣服。她在信中说，我有一件绣花白色丝裙，后来我母亲把它给了她的女儿了。她又写道："我女儿芭布斯每年圣诞节仍然要收集比利时基督诞生小像，手工做的小动物、小房子。就像我以前的收藏一样，芭布斯所收藏的每一件东西都是一种美好的祝福。"

我不久又要开始一部人物特写作品，过去几年来我一直在积累有关这些人物的资料，其中一章要描写的是我母亲。也许我最终又准备开始写了。起初，由于苦恼绝望，我总是把它丢到一边。我想我母亲从某种程度上讲是一个悲剧性的人物，然而她给予所有认识她的人的却是纯粹的快乐，这正是她独特的天赋。怎么样才能把这部分清晰地勾勒出来？

12月18日，星期三

前两天刮大风，风大得几乎连开门让布兰波出去都不行。昨日出太阳了，常常是暴风过去后，天空蔚蓝如洗。然而大海却依然是波涛起伏，带着塔玛斯去海边时，那景象辉煌壮观，巨浪一个接一个，滚滚而来，砸碎在礁石上。

一早出发去买圣诞树……去年圣诞树是在朴茨茅斯买的，今年那地方不卖了，经加油站的工作人员指点，我开车去格林兰德，在那里花了十二美元买了一棵苍绿挺拔的好看的圣诞树。雷蒙德帮忙把树砍去一些，这样树梢顶部的圣诞星就不会挨到天花板上。然后我们把它直立固定于树底支架上，放在车库里，那里比较冷，明天再把它挪进屋里。星期五去康科德接朱迪。圣诞节就要到了，今早我得把该做的事情都记下来。今天大海平静，天空蔚蓝，在这该冷的月份里有点过于暖和。

圣诞节

六点半醒来时以为外面弥漫着浓厚的白雾，后来才意识到是在下雪，地上的雪已有一两寸厚，冬青树上挂满茸茸的雪球……好一个纯美洁白的圣诞节！一点儿风都没有。跑到楼下，把早餐做好，又用新的深红披肩把在我大床上的朱迪包裹严实。有多少个圣诞节我们是这样在床上用早餐、打开装着礼物的圣诞袜子的？我把卧室的落地窗拉开，这样可以直接看到外面下雪，极像一个帐篷，我们舒适地躲在里面，周围好看的雪花纷纷扬扬飘落，飘落。莫丽·康纳利，买礼物极有心思的人，给我们买了一包填塞圣诞袜子的东西。塔玛斯很有耐心地在等待着吃一口烤面包（布兰波在五点时突然跃出了窗口，到现在还没回来）。莫丽甚至还记着比利时圣诞节传统礼物之一是杏仁蛋白糖猪，把它放在我的礼物袜子里。还有一对天鹅绒做的，带有闪光亮片的黑白小熊猫。

片刻之后，我下楼整理书房，拾掇一大堆礼品包装纸及丝带（圣诞节前夜我们就打开了礼物）。今年的圣诞树是我记忆中形状最完好的一棵树，有六英尺高，松枝美好地四下均匀舒展开。昨日一天情绪很不平静，实际上整个一天心情暴躁不安，只有雷蒙德在的那半小时感觉是甜蜜的。正如雷蒙德自称的，他是我的打杂工（实际上他是园丁，因他善良体贴，也替我做许多杂事），他和他姐姐一起过来喝茶，我们彼此交换圣诞礼物。他们俩眼里闪闪发亮，我们互相打趣。雷蒙德取笑我性子急，我打趣他总是在我称之为即将“神经崩溃”的十一点钟把活干完。我想最好的圣诞礼物之一是他圣诞卡片上的那首诗：

玫瑰花培上了土，花坛盖了起来，
这活计由打杂工完成，
他像迷失萦回的幽魂，

你移居怀特诺尔时把他召回。
花园已耕耘,准备好下种,
做活时这家伙这么慢,却稳重。
要是把这都做完该多好?
之后这老熊可以冬眠。
什么? 你是说已经十二月二十四日?
哈欠——哼——实在抱歉——呼噜声……

T.B.W.S.T.C.

我琢磨不出那签名是什么,最后他告诉我那字母代表着(可不是嘛!)“呼呼睡过圣诞节的熊”。我们一直在开玩笑,秋季活都干完时,他要冬眠。

但对朱迪我却很伤感。她在一点点离开我,离开我们。有时她一遍又一遍地重复着同样的句子,这种时候,我一点儿办法都没有,常常是极度恼火。此刻,我在写作,她在床上休息,布兰波卧在她脚旁,塔玛斯躺在床边地上,我们一起在听莫扎特第二十一号钢琴协奏曲。真不敢想象这房子里终于又听到音乐声了……

12月31日，星期二

朱迪几天前走了。有二十四小时，我强烈地感到她的离去。之后，内涵丰富的独居生活又恢复了。我一直在写信、写贺卡，桌上堆的东西在逐渐消失。这期间，四面八方地应付太多的人情使我精力太过分散。一月将至，我下决心集中精力，牢牢地稳定情绪，面向自己的内心生活。我觉得这一天应该以改变节奏，默默地自我决意、自我确认为标志。经过圣诞节的忙乱后，每个人都有权享受这样的一天。我们越界过多，是该拉起吊桥，回到自己领域了。

最近每天醒来时，天空纯净，朝阳四射，天边露出深橙色霞光。每天当朝阳把我的写字桌映成深玫瑰红，照得那盆白水仙明丽鲜亮时，我都惊诧不已。这样的情景我目睹过两次，第二次是从镜子中看到。这真是纯粹魔幻的时刻。

圣诞节期间，我收到一封尤金妮亚有关列·高丽安的长信（她读了我最近在《论坛》上发表的有关列·高丽安的天赋一文，有感而发）。“我也重读了一遍列·高丽安的《三十三岁》以及她为海达[1]写的序。顺便说一下，我们有时间见面的话，一定要谈谈易卜生作品中的女人们，所有作品中她们或多或少有点相同之处，比如希尔达·万格

1　海达是易卜生晚期作品《海达·高布乐》中的人物。

尔等。列·高丽安是一位杰出的女人。在她那样的年龄，取得如此成就，真是不可思议。自然那时她本应该回欧洲去，这里知道她的人寥寥无几，实在糟糕。读她为海达写的序时，我开始明白为什么她说她不需要心理专家。她完全正确，她不需要。她对剧中每一角色都了如指掌，她在她们身上找到了自己，把自己的大部分融入了进去。抑或是这些角色已有自觉意识，通过她的表演意识更进一层，或者说她表演时观察到了她们，从中得到了深刻的醒悟。这实际上也就是荣格谈到人物个性时所说的：对每一片段要有所了解（尽量了解），诸如反应、回响、深度、对比等。像所有杰出人物一样，她格外谦虚，这是因为她知道她只不过是一个通道，而不是她自己，同时她又特别傲慢，因为她了解这通道归她所有……”

之后，尤金妮亚又谈到朱迪，“亲爱的朱迪，莫迪里阿尼肖像画式的人物，总是那样敏感、宽厚。在那些痛苦不堪的年头里，她是那样善良隐忍。死亡的到来是分期进行的，但第一阶段有时可能难以接受，也许相对于当事人自己，那些在其身旁的人更为痛苦。我对她如此珍视。但当一切已逝，一个人还能保持爱的形象吗？”

我想我对此的回答是肯定的，因为当一个人和某人相伴生活了许多年，像我和朱迪一样，有某种无形的东西在那儿，就好像在血液中一样，她的变化中存在着不变。

1975年1月1日，星期三

天气温暖阴暗，雨雪飘零……六点半时被铲雪机吵醒，外面在吱嘎吱嘎、轰隆轰隆地铲雪碎冰。尽管天气不好，我却感觉精神振奋。我是一条鱼，又回到了自己的地方，水里或是独居中。这一天轻松缓慢地开始了，我唯一要做的事是中午时分带狗出去溜达。昨日我挂起一幅日历，发现一月份有一段名言，出自熟悉的英国小说家E. M.福斯特的作品：

> “只有联结！这就是她的整个说教。只有把平庸与激情联结起来，两者才会得到升华，人类之爱才会至高无上。生活才不会陷于琐事。只有联结，野兽与僧人丧失了对两者而言如生命一般的孤独，他们将会死去。”（《霍华德庄园》）

像往常一样，截头去尾的一段话“只有联结”并不能说明福斯特在阐述什么，最后一句话使我煞费心思。自从西比尔·贝德福德令人赞赏的阿道司·赫胥黎传记出版后，我时不时陷入沉思，一直在想，有些关于阿道司的东西不那么令人信服，原因究竟是什么呢？显然西比尔所相信的阿道司是当代“圣人”的说法不能令人信服。对我来说，他给我的印象是把野兽和僧人分开，也就是说他不能以一个完整的人的形式存在。因此他的作品有时从学术上来讲令人满意，但不能完全打动读者。他知识渊博，但他创造的却只是一个四分五裂的世界，这个世界近似于地狱，从未接近于天堂。其中根本没有什么爱。性牵引着整个情节，情节只不过是个形式，一具支架，上面挂着学术理论及概念。但这为什么会使我气愤沮丧？毕竟，阿道司要说的大部分是属实的，尤其是他对灾难的预见更是如此。他预见世界人口将会爆炸，文明世界将会受到威胁，我们不得不生活在地狱里，这是人所尽知的。

我想我气愤的原因也许是他处处冒犯了我心目中的艺术家形象，扭曲了我心目中人的形象。我不相信圣人是与世隔离的。我心目中的圣人是人，就像是西蒙娜·薇依，她对上帝的渴望使她痛苦至极，然而她自身的才学绝没有使她感到高人一等（指比他人聪明）。还有圣弗朗西斯，每一个生灵都见证了他全身心地依赖上帝。由于不能去爱而与世隔绝那是另一回事，那近乎愤世嫉俗。无论从哪方面讲，一个人总要下跪屈从的。这一点阿道司是永远做不到的。完全的折衷主义对艺术和宗教都不起作用——从某种方面说，人必须做出选择，必须要摒弃挑剔，跳出自我。

然而在对付残疾方面，阿道司·赫胥黎的确不愧为勇气与才智合一的杰出榜样——比如，为了他自己的眼睛，愿意接受一种训练，在他有限的能力范围里，在文学创作上寻求不可能之事，尽可能每年多签合同，多出作品，保持收支平衡。他有勇气，也许甚至更为勤奋，能集勇气与天才于一身，使之协调平衡。他不像哥哥朱利安，从未神经崩溃过，如我们所知。我本人不曾和他接触过，但所有认识他的人都喜欢他。显然我对他的评价是不公平的。

为什么我会对这一切烦恼生气？十月在伦敦时，我和朱利安、朱丽叶·赫胥黎夫妇见面喝茶。他们的儿子弗朗西斯也在场，带来了他新出版的书《神圣之路》。朱利安已年迈，衰老且沉浸于自我。然而三十五年前，我们的生活紧密相关，就像在第二次世界大战后我和朱丽叶之间的关系一样。当时我热烈地爱着他们俩。但在和他们喝茶时，我却感到空气中有一丝寒冷，气氛显得伤感、拘谨，让人觉得束手束脚，内心深感苦涩。朱利安反复地说着一些老套的逸闻趣事，使我们的谈话很难持续下去，常常出现冷场。朱丽叶因布卢姆斯伯里文化圈的人攻击奥托莱夫人而大为不满，对布卢姆斯伯里文化圈怒不可遏……尽管毕竟还是D. H.劳伦斯和阿道司著书讽刺了奥托莱夫人的。房间里时间好像凝固了，不止一人觉得扫兴。

最初相识时，他们令我着迷。从维普斯耐德的野餐狂欢，到绝妙的家庭聚会，他们向我敞开所有欢乐的大门。聚会中，我结识了科特连斯基、詹姆斯·史蒂芬斯、肯尼思·克拉克及其他很多人，这些人之后都成了我的朋友（克拉克不在其内，我只见过一次），他们对我这个年轻的、来自美国的无名小辈慷慨欢迎。他们那般厚待，令我实不敢当。像阿道司和玛丽亚一样（从西比尔·贝德福德写的传记得知），他们自身充满了魅力，吸引着周围的人们。和他们在一起总让人兴奋不已；任何事情——艺术、政治、科学——都可以讨论，这些人不仅学识渊博，而且幽默风趣。现在所有的这一切都到哪儿去了？

但我想提一下一九七四年。这一年不同寻常，发生了许多意想不到的事情，至少是突然之间我发现自己不仅有了点名气，不算太有名，而且与世界、与自己的相处比以往更为随和宽容，这是因为历时长久，作品总算最后得到了承认。我得意于在电视上露了三四次面。好事情接踵而来，那一天一位英俊的年轻人来喝茶，原因是他看了我的《爱之种种》，来的时候他抱着一束他祖母买的玫瑰花，一盒他姑妈准备的比利时糕点，得知这些人，这些不同辈分的人，皆是看了我写的这本或是那本书而来感谢我，心里甜蜜无比。摩根・米德和我聊了好长时间，那以后我们成了朋友。

感谢大海、欧洲……感谢上帝……我又开始作诗了。唱片我也能听了。此刻我要放一张由托特里埃演奏的巴赫大提琴组曲唱片。过去这音乐陪伴着我度过了许许多多工作日。让它再一次回响起来吧，一步一步愉悦地把诗歌引出。

1月6日，星期一

意识到新年后的第一个星期已经过去，不由得感到一阵紧张，我都做了些什么？新年那天我倒是勾勒出一首诗来，可自由体诗并不能使我满意，兴奋不起来。也许我可以把它再改一下，弄得好一些。我已开始着手写鲍恩这个人物了，那些埋藏很深的不悦记忆都喷涌了出来，而且在一九三六年到二战爆发期间的那几年里，似乎出于偶然我得到了很多机会，现在想来，对那时理所当然地接受给予感到惊愕不已。我心情不快的部分原因在于，在我这种年龄回头看去，年轻人是多么心安理得想当然地接受——三十岁前，你不会理解那令人愉快的晚餐聚会背后包含着女主人多少周密的考虑，和她所付出的时间和精力。当你作为客人出现的时候，看上去一切都是那么轻松诱人，殊不知你接纳的慷慨施舍是无法估量的。

我仍然没有琢磨出同时处理三件事情的好办法——记日记、写一本以鲍恩为首的人物群像的书以及诗歌创作。唯一要做的是赶紧让自己沉浸进去，好像一个人一头扎入冰水里一样，期待发现自己可以游至安全地带。这就是我眼下要做的。

又是一个宁静、寒冷的冬日，阳光灿烂。阳光透过摆放在植物窗台上的粉色和白色的樱草花瓣，把一株深红和一株粉红的仙客来照得鲜亮明丽。目睹此景是一种享受，是这一天很好的开始。

1月7日，星期二

起来晚了……将近七点时，塔玛斯开始舔舐它的爪子，它在用一种委婉的方式告诉我："该起来了。"醒来后，外面鹅毛似的大雪密集地下着。此时雪变得稀疏了，风大了一些，看上去我要第一次在这房子里被大雪封锁上几天。这真是令人兴奋，心情刚好和外出远征或探险相反！激动的是突然间我成了一个自给自足的囚犯，我不必再在十一点时惦记着去取信，时间不复存在，内心世界向外敞开着。白皑皑的田野在弥漫飞舞的雪花中显得那样美，皑皑白雪衬托出似炭笔细致勾勒的树枝灌木。自然，如果驻足倾听的话，那寂静，雪的寂静会成为催眠曲。

还算幸运，昨晚我没有忘记给鸟食槽里加鸟食。今早我首先看到一只蓝松鸦，它顶冠耸起，瞧上去装扮华贵。还有金翅雀，几十只山雀及一只麻雀。我敲敲玻璃，肥胖的灰松鼠们慌张逃走，匆忙之间一个倒在另一个身上。

在三层楼上的这间房里，我四下瞧瞧，感到格外愉悦。这是一个美好的工作场所，四周木板漆成柔和的棕色。最为愉悦的是居高临下（房子建在山坡上），两侧跟树顶齐平，我写作时坐的那面，朝外望去田野连着大海。居住在跟树顶平齐的高处很美，更美的是，放眼望去，可以一览开阔的景象。我能住在这里是多么幸运！每天我都这样讲，想来仍然似乎是个奇迹……富有想象力、好心的朋友把它让给了我，我好不容易下决心离开了纳尔逊。这决心下对了，我决不会后悔。

一人独自生活也有不利之处……我承认我的确有些担心，害怕跌倒之后连续几天没有人发现。一天来来回回在四段楼梯间跑上跑下，地下室楼梯又很陡。我想起了沃特曼女士，她住在弗利湾一幢小房子里，跌倒摔伤了臀部，二十四小时内没有人发现。当然，如果玛丽-莉知道我在家，她会注意到屋子里没开灯。还有，每当我处于困境中，雷蒙德靠着他的第六感觉总会不期而至。有一天，我穿戴好准备外出演讲，衣服背后的拉锁被缠住了，我朝窗外望去，雷蒙德正从草坪上走过来！真是神奇之人！

人到了六十岁的时候，内心深处总会有一种深深的顾虑，那就是对死亡的恐惧……或者我应该这么说，是怕死得不体面，让人嫌弃，诸如长期卧病，让人照看。实际上有时想到塔玛斯，我不由吓出一身冷汗，万一我跌倒摔断了脖子，塔玛斯可就出不去了。为什么我要说这些？这是因为我们把这些事情埋藏在心底，从不流露出来。如果这些事情从不提起，记日记又有什么用？

从很大程度上来讲，生活的实质就是面对它的欢乐与忧愁。没有忧愁，生活也就没有什么滋味。但一个人的确会感到所有生物都格外脆弱——植物、动物、人——都面临一种威胁，都会轻易地由于浇水过多、被肉食禽兽捕捉、心脏病突发而窒息死亡。布兰波叼进来的那些老鼠，身上均无什么伤痕，我估计是受惊而死的，可怜的小家伙们。

我在这里的欢乐是无限的。所以，承受一些痛苦忧愁也是很公平的。然而最近几年来，我一直强烈意识到，从现在起就要做好死的准备，一定要考虑死亡，而且要尽量把事情办得周到些。我年轻时，死亡是一个浪漫的梦，每逢感情受挫，就像渴望睡眠一样渴望死去。谁会怕死？十九岁时会这么说。我们害怕我们所不能想象的。对仍未发生或描述过的事情，根本没法想象。我们走向死亡，却意识不到这点……可我们却明白，当我们年龄越来越大时，对生活强烈的爱必须和一种更强大的超然意识结合起来。抑或是我们所依赖的起了什么变化？

那时我又沉陷到弗罗里达·斯科特-麦克斯韦尔的杰作《岁月的尺度》里。过去四五年来，有两三本书确实一直在滋养我的心灵，这本书就是其中之一。整部书都是那样亲切地娓娓道来，我很想抄几页下来。可今天我得继续写伊丽莎白·鲍恩。写作已进行得很顺利，势头良好。起初我对她记忆繁多不知从何处下手，总在琢磨怎样将她塑造出来。

1月13日，星期一

天气令人失望，原因是不合时节，下雨而不是下雪，该冷时不冷。我感觉体力不支，烦闷，有点恶心。但至少看了好几本书，阿道司·赫胥黎传（我只看了第一卷），奥托莱夫人回忆录，肯尼思·克拉克令人赞赏的自传……这些都是我在写鲍恩这个人物期间要思考的。

肯尼思·克拉克是一个会让人心生爱慕的人。他对自己足够了解，没有任何错觉。昨晚我对有关艺术家和社会的那段话做了记号。他提到格雷厄姆·萨瑟兰，此人“没有从时髦社会中退出”，他又接着说道，“我不能断定这对一位艺术家有多少好处……在我所知的画家中，贝比·伯纳德是为数不多的从使人沉迷的社交生活中逃脱的幸存者（仅仅是幸存）之一。艺术家必须跟随自己的生活节奏。艺术家的全部生活在于痛苦地表达自己的内心，如果他涉入太多浅薄的社交生活，他就会丧失企图深刻挖掘自己的意志”。

1月19日，星期日

昨日狂风夹着暴雨，气温降到零度以下……今日醒来奇怪得很，地上的雪几乎都冲洗掉了，空气中洋溢着春天的气息！但据说今晚气温又会降到零度以下……这到底是什么时节？这不停的变化使我既困惑又兴奋。几天来忽略了记日记，部分是因为桌上的信件又堆了起来，我原以为在圣诞节后我差不多把桌上堆着的东西都清理了；另外一个原因是一直下意识地沉浸在对伊丽莎白·鲍恩的人物描写创作中。

西比尔·贝德福德很有说服力。读完她写的传记，我不得不承认阿道司看上去确实是个圣人。也许他的妻子玛丽亚对他管束得太紧，离开了也没什么不好。他的第二任妻子劳拉（离开他那么久，似乎显得自私无情），从他身上汲取了伟大的博爱思想，更重要的是他对爱的深入了解使她懂得了不少，以及她从他身上学会了如何去理解别人。令人感动的是他，这样一位理智之人，竟然也相信死亡是人生旅程的终点，面临死亡必须有一种心理上的准备，首先就是"顺其自然"。我深以为然，我们需在面临死亡很早之前就顺其自然，正像他自己所做的那样。这几乎是毫无察觉地就发生了；有些事情看上去并没有实际那么重要。某种程度上取决于要有顺其自然的意愿，即驱动者、坚决的需求者和请求者有意识地顺其自然。自然，塔玛斯在这方面帮了我很大的忙，它在等待十一点半时的外出散步；我已感到累了，但本能地想再多写一会儿，结果被一声狗叫打断；我"顺其自然"，很高兴自己这样做了。塔玛斯在抑制我内心驱动力方面帮了我很大的忙。

我想考虑一下圣徒这个问题，我所关心的是哪些人是圣徒，哪些人不是。首先，根据我的经验，要想成为圣徒的人很少成为圣徒。圣徒绝不知道他是圣徒……他太忙于为别人着想。他的着眼点主要不是考虑他自己的神圣——根本不是。(这使我想到坎特伯雷大主教精彩的讲话:“相信上帝只关心宗教是一种错觉。”)此时我想到了尤金妮·杜布瓦,她在八十岁时仍然自己料理全部家务和烹饪——像我母亲一样,过去一直有用人帮忙,到七十岁时,雇不起用人了就自己做饭,步行好几里卵石路(比利时卵石路湿滑)去买食物,却丝毫不减少她的正常活动,她依旧热情地参与周围生活,总是富有理想、充满力量与智慧地扶持她的孙辈。如果你可以想象的话,她对所有的一切都敞开胸怀。(比如她送给我一本用法语写的好书。此书内容是有关六十年代年轻一代表现出的过激行为,他们在那个时代对物质主义进行抵抗,促使工业社会价值遭到破坏。)她是一团火焰,那火焰温暖地照亮了她周围的一切。然而,我肯定她常常近乎精疲力竭。

想到她,我就不止一次地又想到了妇女面临的主要问题。甚至在当今,大多数时候妇女们不得不充当玛莎和玛丽的双重角色。这是两个性格截然不同的人。就阿道司的情况来说,我起先觉得,他的初婚妻子玛丽亚似乎是一个真正的圣徒;现在我开始理解她的所作所为是有意识地在做出牺牲,未免太有些做作。罗伯特·克雷福特在对这部传记的评论中甚至进一步指出,在这样的自我牺牲背后定会存有极大的敌对情绪。

“有意识”地成为圣徒的麻烦在于,他们在施加一种我认为是不圣洁的情感压力。想到我母亲小时候经受过的压力,我总是不由得浑身一阵紧缩。她小的时候,有一年她父母亲到国外工作(杰瓦斯·伊尔威斯是工程师,工作总是离家很远……加拿大、印度、西班牙),把她托给圣公会牧师及其家人照管。他们下决心要改变小埃莉诺·梅布尔·伊尔威斯的信仰。梅布尔崇拜她父亲，她父亲是费边社社员，某种程度上出于对父亲的忠诚，无疑她是不会屈从的。结果，她被当作麻风病人般对待。显然她患有某种精神衰弱症，也许她的偏头疼就是从那时开始的。那样的情感压迫实在可恶。

我自己也有过几次同样的经历。几年前，有一天我邀一位朋友吃饭，她声称她在斋戒，她不会吃什么东西的……我不予理睬，我要吃午饭！她从没想到这种意愿压力使我不舒服。我们每次见面时的紧张气氛让人很难忍受。我感觉我被迫接受某种行为或协议，而这些是她以上帝的名义向我提出的。这不是什么仁慈，在我看来，仁慈总是容忍他人的信仰与不信仰。我们转变归属，如果我们会转变归属的话，是被某种不可抗拒的东西所诱惑而转变归属，而不会因要求做不可能之事的个人意愿而去转变归属。

1月28日，星期二

今年冬天很反常，天气冷暖交替，不是下雨就是下雪，你总也安定不下来过个正常的冬季。番红花长出来了……真要命！

昨日收到三位朋友的来信。这三人从各方面来说都不相同，却惊人地存在着相同的，使她们忧心忡忡的问题。一位是刚结婚的年轻女子，带着两个幼小的孩子，丈夫是一位公司职员。她觉得自己被置于他的工作之外，对他随便带“朋友”，即顾客到家中而不预先告知很是怨恨，尤其怨恨的是他们之间缺乏交流，因为总是找不出时间。另外他因公出差常不在家。第二位朋友的情况是丈夫最近退休了，退休后他们离开长期居住的地方，搬到靠近大海的地方定居。他的生活清闲随意，可她却感到被困了，愠怒忧郁，又不能解释为什么。第三位是一位女教授，很年轻，和一位女同事一起愉快地生活，然而她却感到“入骨的孤独”。

我认为“孤独”和爱情有关。如果没有完美的感情交流，我们就会感到孤独。独居时自己会和自己交流，会和自己产生和谐的关系。我可以斩钉截铁地讲，我决不会说我现在感到“入骨的孤独”，尽管我在恋爱中曾体验过孤独的滋味。而且我确信这刺人的一词倒是可以经常用来描写我的母亲。

1月29日，星期三

阴雨连绵，地上的雪都融化了。朝外望去，棕色田野尽头是无声的大海，好在我桌上有一束春天的鲜花——三枝红黄色郁金香，两枝平凹状水仙花（一枝有鲜艳橙黄色凹底，黄色花瓣；另一枝是橙黄凹底，扁而大的白花瓣），外加一小枝含羞草。为什么那枝含羞草会在室内枯萎？昨天送来时轻盈茸茸、充满活力，此刻却已凋谢，所有茸毛都已脱落了。

想到昨天回复的那三封信，我强烈地感受到，为了保持自我，人们每天得鼓起多么大的勇气才能拒绝别人对他们的要求，那些他们不得不接受但又不愿做的事（因为实在是严重违反了意愿），同样，他们又需要鼓足多么大的勇气才得以做他们所能和必须做的事而不至于身心疲惫。我这些结了婚的年轻朋友最大的问题是劳累……这似乎是抚养幼儿不可避免的事实——无暇休息。如果再因为丈夫常不在家，不能分担他自己应尽的责任，她自然会产生对立情绪，这样一来，事情就加倍难办，"入骨的孤独"就会直接侵蚀到心灵里去。

保持自我的代价实在太大，会被指责为冷酷无情（以我们注重责任感的文化来看），以致很少有人愿意付出如此代价。大多数人把不情愿做的事情默默地承担了下来，这样可使生活大大避免矛盾冲突。不论何时，不管多么痛苦不和，有谁又觉得吵架是好事情？这是个极为痛苦的问题。如果女人爱她的丈夫，理解他在外面忙乱紧张地工作了一天，回到家里有多么劳累，那她又何以忍心要求丈夫体贴自己，直截了当地把自己的想法向他倾吐出来？没有什么时候是合适的。多少年来我母亲把气压在心里——有时我觉得她这样做是对的，因为在我父亲六十多岁时，他是不可能再有什么改变了。发泄怒气不会有什么好结果，只能使他生气，根本不会令他突然间醒悟，意识到是他的过错，是他对她体贴不周。如此一来，我母亲只有在内心痛苦——他不再有什么发展变化。

那是一出悲剧。假如事情一直都这样，不去争斗，那么只能说明在婚姻深处，有某种东西在阻碍这个婚姻向前发展。稳定的获得需要付出很高的代价，有人认为这代价实在太昂贵。我很钦佩我以前的、现在结了婚的学生们，她们有勇气抗争，尽管是那么痛苦。

1月30日，星期四

昨日整天下雨，今天阳光明媚，微风吹拂，明天预报有雪……新英格兰地区就是这样，也罢！这个冬季真是太反常，使我不安。我喜欢隆冬雪季长期封闭在屋内，迫使我不得外出。我喜欢冬天，可觉得今年没有过冬的感受。谁知道呢？也许四月以前冬天会到来。

有人说，他们不喜欢从园子里摘花，把它们摆放到屋内（我猜想，他们大概是认为花卉在园子里比在屋里更“天然”），可他们没有想到，在屋内你可以对单独一朵花认真地品味，聚精会神地欣赏，这静思玩味带给你极大的享受。我桌上的鲜花，像被聚光灯照射一样，被慢慢移动的太阳一朵一朵地照得明丽鲜艳。阳光流泻在花瓣上，那种美令我再一次心醉神迷……每一条叶脉如浮雕般清晰可见，脉络组织突然间清晰地显露出来。此刻，我注意到平凹底水仙花中那枝有鲜艳橙黄凹底的水仙花，雄蕊底部呈现出半透明的鲜绿色。

我在这里再次恢复了我愉快的生活。一生中，我从未像现在这样快活过，这样持续好长一段时间的快活，到目前为止，我在这海边小屋已住了一年半。此地的美妙景致描述不尽，每日醒来，躺在床上或坐在床上吃着早饭，目睹朝阳升起，广阔宁静的大海无边无际，我会静静地思考上半小时左右。清晨的广袤寂静，大海的宽阔，这一切使得生活节奏变得大不一样。抑或是我自己的节奏在起变化？觉得年龄大了，对“所要做的事”变得不像以前那么容易冲动了？现在的我每一件事情都做得从容不迫。年轻的时候，内心的冲突远远多得多。那时总是想拼命地把工作“做完”，与人相爱产生的炽热情感常导致内心的痛苦。不恋爱自有它的许多好处——独居这一年生活内涵变得更加丰富。这和遁隐不一样……我是决不会那样做的。我喜欢我的朋友，非常需要他们。这只不过是一种超脱，这样做不至于使自己因陷入强烈的情感里而轻易地越出轨道，我愉悦地去感受，而不被占有欲所攫住。

六十多岁是非同寻常的年龄，因为到这个年龄，你已完全成为你自己，但老年的侵蚀、精力不济、记忆力减退、体力下降等还未开始使你感到苦恼、心神不安。我身体超重，可我拒绝对此过虑。我与美国的社会风气进行较量，这里控制体形风靡一时，瘦身受到盲目崇拜。我有时在想，我们对待自己的身体极为残酷，就像过去中国妇女裹小脚穿小鞋，以此作为教养和美的标志一样。“中年发福”是一种很正常的现象，为什么要假装不是？我对成为什么令人艳羡的模特儿不感兴趣，我关注的是自己内心的满足。这就是我。

2月3日，星期一

海伦·豪去世了。昨日从《纽约时报》里看到这则讣告大吃一惊。想不到竟是以这种冷淡的方式得知她去世的消息！想到过去几个星期未能去看看她，未能有意识地和她待一阵，内心不由一阵剧痛。我知道她在生病，却不知道那么严重，据波莉·斯塔尔说，她已出院回到家中。由于朱迪在这儿待了几天，我根本没有留心去想她会去世。我像是被人当头猛击了一棒。

最后看见海伦是在去年夏天，那时她带我离开岛屿去东北港为贝尔曼特夫人以及她的几位朋友朗读诗歌。路上，她把车停在路边，就她的新书，我们谈了一小会儿——她想知道是用纯粹自传体好，还是以书信方式好。她一直在翻阅几百封她兄弟马克写的信件。她、马克、昆斯三人皆是记者，三人都能言善辩、诙谐幽默，我期盼着看到她对这些丰富资料的采用结果。不过，问题自然是有的，从生活到艺术向来都会产生问题……有多少是可以讲出来的？应该保留什么？为什么要保留？《高尚的美国人》是面向普通读者的，书出版后，海伦因书中所涉及的某些内容而遭到攻击，为此她郁结成疾。我从未见过这样内心矛盾重重的作家。

也许某种程度上，那位本质上并不残酷的讽刺评论家自身有问题。他一方面能够察觉到荒诞——在讥讽夸张上他很有才能——另一方面却没有审核的良知，或者说审核的好意，致使他人的创作灵感短路。

跟两位出类拔萃的兄弟相比，海伦自觉相形见绌，我想她从未对自己有过十足的信心。她太敏感，太不自信，不敢完全发挥自己的才能。

我边写边又听到了她那抑扬顿挫的声音，看到了她在大笑中突然停住的敏捷反应，或在大胆地说了什么之后，微微倒吸口气的神态。在绿岛时，我看到她从船上下来，头戴一顶系深蓝丝巾的巴拿马帽子，身穿一件海蓝毛衣，下着一条白色打褶的裙子，瞧上去那般娴淑优雅，使人想到伊迪丝·沃顿小说中的人物形象。她身材娇小(她母亲称她的三个孩子为"我的小矮人家族"),那小巧增添了她的魅力。

过去我们是那样畅心欢笑……海伦、马克、波莉、约翰尼·艾姆斯,还有我!除了和他们在一起,我从未体验过那样的快乐。现在,除波莉外,全都去世了。

2月4日,星期二

今早阳光刺眼,零下四度。大海散发着蒸汽,比天空暖和许多。两天前的夜里三点钟,一种此地稀有的叫声把我惊醒——猫在打架,大声地哀号惨叫着。布兰波不在屋里,我自然格外担心地听着。我患了重感冒,不敢像平常一样出去站到冷空气里。那时我想起熟睡的塔玛斯可能管用,一点儿不错,它冲下楼跑在我前面,早已开始汪汪地叫了起来,我一声令下:"塔玛斯,到外面把你的小猫带回来!"它即飞奔出去解救。大约三分钟后,我听见它短促的叫声,那意思是"让我进去",可不是,牧羊人引着羊进来了!朱迪常说:"你再不能找到比这更好的狗了。"她来的时候——因注意力在减退,每次来时她都显得比上一次更坐卧不安——是塔玛斯跟她玩耍，要她带它出去走走。他们一天要出去十几次，注视着他们向田野走去，我心里甜甜的。

这里的冬天有它自己的欢乐。其中之一是我可以看到如此广阔的大海。一旦树叶长出来，我现在从床上可以看到的景致大约有一半会被遮住。我到过的海边都少有树木，可这里房子背后耸立着高大白色的日本松树，房子两侧一边是枫树，一边是橡树。透过树枝看到的蓝色大海显得格外美丽。

昨晚我梦见了路易丝·博根，我觉得是个好征兆，这意味着，明天我希望动笔描写的人物已经开始下意识地活动了。朱迪今天离开。

《时代周刊》里有一篇对丽芙·乌尔曼的有趣采访。你可以觉察到她难得的诚实。她的表演之所以能将现实生活表达得非常逼真，是因为她本人如此真实。乌尔曼小姐说她的许多朋友及粉丝，包括一些同性恋者，均写信对她说，看了《婚姻现场》[1]后，他们觉得自己的生活在被窃听着，这让他们感到压抑。

“尽管如此，我想一个人不应该失去期望。”乌尔曼小姐说。她现在与母亲和八岁的女儿住在奥斯陆，女儿的父亲是瑞典导演英格玛·伯格曼（两人从未结过婚，曾在一起同居过，现在是要好的朋友）。“我只不过认为，一个人生活醒来后感到孤独，有时这倒比你和某人住在一起醒来后感到孤独

1 《婚姻现场》，1973年播出的一部瑞典电视系列剧。

要好一些。”

乌尔曼小姐认为外界对独自一人或是过着单身生活的女人压力是很大的。比如说，不管什么时候，她独自一人下餐馆时，“总是拿着一本书躲在餐馆角落里的一张小桌子后面，这样没有人会盯着我看”。

“有些女人本来自己一人生活会更好一些，可她们觉得必须要抓住一个人才会证明自己的价值。”她说道，一边从空中挥过手臂，然后用拳头击掌，“如果她们决定自己一人生活，她们的孤独部分不是出于自己内心，而是来自外界。外界社会会怜悯她们，轻视她们。”

后来在采访中她又谈到了有关内疚的问题。她对未能经常和女儿琳在一起感到“内疚”。“那是因为我从书本上得知，做母亲的应该待在家里和孩子们在一起。我试图说服自己，一种生活方式不见得对所有的人都适合。也许我们自己的生活方式对我和我的孩子都是比较恰当的。然而这种内疚感深埋于内心，我总是觉得我做错了什么。”

这些日子，我对什么是女人这个问题考虑了很多，我在想，根深蒂固的内疚感是否是女性的一个特征。没有孩子的男人也许会觉得个人生活中少了点什么，但我猜想，他不会感到内疚。一个没有孩子的女人却总要为自己做点辩解。

2月6日，星期四

一直期盼的雪天终于来临了！自昨天早晨雪就一直在断断续续地下着，现在下得密起来，风吹着雪花斜扫下来。大海巨大深沉的浪涛在翻涌着，不是表面上的翻滚，而是高高腾起深黑的巨浪，然后又撞得粉碎——皑皑白雪之上是白色的浪花。寂静被稳定有节奏的呼啸声打破，这我还从未见过——白雪与汹涌大海同时并存。

昨日，吃过早饭一大早就出去取信，目的是趁下雪刚开始还出得去，幸好我这样做了。抱回来几枝白的、黄的、淡黄色的郁金香，几枝蝴蝶花……有什么能比在暴风雪中看到春天的花更叫人欣喜呢？

我开始写路易丝·博根部分了。就像写鲍恩时，感情即刻涌起、被带进漩涡里一样，和她在一起时的所有情景顿时涌现出来，我思索整理着这些记忆，以便选择其中真实的种子。

毫无疑问，人们之间的关系无论多深，总会有些冲突。我和路易丝之间也有冲突，我认为她早就应该辞去《纽约客》的那份工作……我实在想不通，她让自己的诗才被那些别人的诗作干扰着，尽管最后她很少评论诗歌，但它们还是在“进入”她的大脑，强迫她本能地分析并部分去接受。

2月8日，星期六，下午4:00

白茫茫的田野尽头是平静湛蓝的大海，太阳下沉时，灌木和树林投射出蓝色的阴影。

天际有一条大白船……也许是俄国捕鱼船？这里曾看到过几条油船，但很少见到这样的船只。太多的事情需要做……过去这些天，生活很是紧张。一件事是查尔斯·里奇有关战争岁月的日记出版了。午饭后，我如饥似渴地读着，搜寻所有他提到的和伊丽莎白·鲍恩见面的有关事情。

昨日，从来信中得知，赛琳去世了。她九十多岁了，过去的一年很惨，不能走路，耳聋……去年十月在布鲁塞尔时我去看过她两次，尽管我坐在她脚边一只小凳上，她坐在沙发椅上，向我俯着身子，但她还是不明白我在说什么，她被谈话弄得筋疲力尽。不能与她交流使我极为伤心。太迟了！她看上去像一个可怜悲凄的老毛猴。可那生命力、要活下去的意志却没有失去。过去几年来，她开始写诗，她把笔记本递给我，让我读几首，可我不认得她的字迹。我本来打算第三次去看望她，但我自己病倒了——也许是下意识地有意这样做。她和我都清楚，第三次见面将会是做最后的告别。诗写得很伤感……J.给我解释了一首。诗写得怎样又有什么关系？不。重要的是那仍然渴望和需要表达自己春天般美妙的热情。

我会写写赛琳的，因为我非常了解她。以她为原型曾有过一个虚构的人物，此人以梅拉妮的人物形象出现在《岁月之桥》里。但那是浪漫化了的人物——不是有意要这样做，大概是因为当事人还活着的时候，你不可能把整个真实情况都如实写出来。还有，现实人物要比虚构中的人物更为复杂难写。

此刻，我想到的是在我七八岁时她给予我的温暖与关爱。那时，在布鲁塞尔附近她的家中我和她度过了一冬。赛琳是位淳朴的母亲，和我自己的母亲完全不一样。我眼前浮现出她躺在床上，身穿一件白睡衣，被我们这些孩子簇拥的情景。孩子中有她的三个女儿、儿子，还有我，对我她总是称“老大”。我们刚洗过澡，干干净净、粉嫩嫩地躺在她周围，每个孩子尽量往她身旁靠，期待着她给我们读半个小时的故事。我记得读的是《尼尔斯骑鹅旅行记》，整个冬天我们都被那故事迷住了。

她很喜欢支配一切，像个将军似的给我们下命令。在那种年龄，我很愿意受她指挥，也许因为我不是她孩子的缘故。想起来真是很有意思。

尽管我们一直希望她不再承受衰老的痛苦，可在不可抗拒的命运之神到来时，我们却有些受不了这悲惨的打击。

事实上很难相信人会永生。步入老年阶段后，人变得萎缩起来，能力在消失，就像去年秋天我见到的朱利安·赫胥黎夫妇及赛琳。

我们所能做的就是祈祷不要活到自己不再是自己的时

候。然而我认为，我们自己给自己制造了死亡，步入老年后更是如此。至少赛琳仍然在想象着她可以帮助别人，她也的确在想着别人，最近以来，她一直设法把她的心爱之物送给她的一位护士——一把竖琴！

今天的信件有两封来自不认识的人——一封是从英国寄来的，感谢我写的书《今日留恋》。她说："我年纪很大，将近九十一岁了，但我对自己的现状很满意。我所顾虑的是大概我得进养老院。目前来说，我住在自己热爱的旧农庄里，开车仅限于在半径三英里范围内，耳聋腿瘸，但视力却一点不减。这样我大部分是生活在书中。我还在继续做一点园艺，累了坐在小凳子上歇一歇。生活不欠我任何东西。我几乎应有尽有——自然我有过苦恼。一个人一生中有过种种经历。"另一封信来自一位年轻的美国女孩。在讲述了她是怎样一位离群索居者后，她说道："我不知道怎样才能确切地把我的'真实情况'讲述出来。一年来，我在反复读你的作品（目前我正在重读你的《爱之种种》），我很满意自己是女人，我对自己有健全的神经、视力，以及各种感官系统感到惬意。离群索居很自在，有一种自己是自己的愉悦满足……"她又接着说了很多，末了她说道："感谢你把老年人及老年生活真实地表达出来，使我们看到生命在于延续。"

这种时候，我很想有一个人来聊聊，倾吐涌入我内心的百般感受。

2月14日，星期五

天气美极了！今早六点稍过后到外面去，气温是零度……天空灰色中泛着玫瑰色，朝阳升起，如此安详宁静。远处的浅滩岛看上去似乎像是在不时地漂移。冬天终于来临，每日气温在零度以下，要不就是下雪。这真是再好不过了。

昨日开车穿过堤坝去取信，途中，一只翠鸟正好低飞在我前面。这种鸟我只见过一次。鸟是我这里生活中很重要的一部分，尤其是在冬天。鸟食槽悬挂在封闭廊室。不在楼上写作时，我会在楼下那里用早餐、读报、看书、看电视。近来，一群黄昏雀夹杂在山雀，三只麻雀，还有黄雀中时来时往。毛茸茸的一对啄木鸟及一对一只大、一只小的五子雀是常客，还有几只松鸦（去年流行毛细血管病，成百只松鸦遭殃，数量因此而减少）。一两只燕八哥和黑羽椋鸟时不时地飞过来。两只可爱的红松鼠及一只大灰松鼠吞噬了好多鸟食。在这极为宁静的大冷天里，持续的动态，所有那飞来飞去的翅膀，有点像空中飘荡的音乐。没有它们，便会是死一般的寂静。

从这书房的窗户朝下望去，石板露台底下，雪地上印着一条花纹带子，是塔玛斯和布兰波弧形和圆形的爪迹。花园矮墙外是无垠的田野，覆盖着耀眼的白雪。此刻湛蓝的海水在阳光照耀下闪闪发亮，一片一片地朝南边的岛屿涌过去。

为什么偏偏是蓝色？其他颜色也这样使人兴奋吗？蓝色的花儿——阿尔卑斯山下草原上的龙胆花、夏季园圃一年生的飞燕草、勿忘我、千日红——似乎最为珍奇瑰丽。我自己恐怕也一直被长着蓝眼睛的人们所吸引！还有天蓝色、安吉利科绘画中美妙无比的淡蓝色（“安吉利科蓝”，我听到我母亲这样称呼）、皑皑白雪反射出的隐隐青蓝以及蓝鸟。这些都是我开车穿过堤坝时看见那只翠鸟鲜艳明丽的蓝羽毛时想到的，经历了灰蒙蒙的几天后，瞧着那蓝蓝的海水感到无比的喜悦。

路易丝的形象特写还是进行得不顺利。有时候我想，写出来的东西真是平淡无奇。可当我看到从她诗作里掉出一张她常用的蓝纸条时，我是那么激动欢喜，原来是一张记有“五月花束”之一的花卉单。

2月17日，星期一

过去二十四小时内，冷空气开始减弱。真不可思议，天气的回温顿使生物来了精神。猫狗不停地要到户外去，气温现在是三十二度，而不是像上星期那样二十二度，或是十度，再不就是零度。那只猫在树木之间蹿来蹿去，四下奔跑，尾巴一甩一甩的。相比之下，那条狗有点像我一样似乎精神不济，躺在门口打盹。我欣喜地注意到，昨天雨下得不大，并没冲走地上的雪。海在大幅度地起伏，但不见白浪花；看上去深沉沉的，青铜似的闪着光。我书桌上情人节送来的小苍兰及玫瑰花依然秀雅姣好。这季节里就属小苍兰最佳，香气扑鼻，喇叭似的花瓣细薄淡雅。

二月十五日星期六那天，我在收看晚间六点新闻，朱利安·赫胥黎出现在屏幕上。自然，我明白发生了什么事。他在家去世了，但愿他走得安详。尽管我祷告着他也许悄悄地去了，但当死亡消息来临时，活着的人总会受到震惊。泪水涌进了我的眼眶。在前厅睡着的塔玛斯立即直起身子，靠上前来，很关心地为我舔舐泪水。

整整一晚上，我辗转反侧不能入眠，朱利安和朱丽叶的形象以及对往事的回忆浮现在脑海中。在创作我的第一本小说时，他们把惠普斯奈德（伦敦郊外的动物园）的公寓租给了我。白天，周围人很多（公寓楼下有一个很好的餐馆），但到了晚间，除了动物发出的声音外，格外寂静。寂静中你可听到孔雀的鸣叫、远处传来的狮子或是老虎的吼声以及树林里狼的凄厉长嗥。每天我愉快地写作，无论什么时候想休息一下时，我都可以游览整个动物园。袋鼠自由自在地四处漫游，小东西很温顺，偶尔间，袋鼠宝宝从妈妈的口袋里探出小脑袋向外张望。我随身携带着一个速写本，有时用一小时素描熊或其他动物。我没有绘画天赋，但在素描时，我可以认真地观察，这也是我的主要目的——对“熊”的沉思。

又要开始紧张起来了……要外出演讲，应承了许多请求……能集中精力的幸福的宁静很快就要结束了，要等到秋天才可以重新开始。今天下午一位住得离我很远的牧师要来见我。我希望他不是来“转变”我的。他给一位朋友写信询问我信不信上帝，看来他的来访是我给朋友复信回答他提问后的结果。为什么信教的人总是软磨硬泡地想打通人的思想？据我的经验看来，维护自己宗教信仰的人绝少在行为中表示出他们是信教的。我所认识的教徒，修女玛丽亚·斯特拉虔诚地敛心默祷，修女玛丽·大卫在波弗特贫困的黑人区做了很多事，她们从来不谈什么宗教，更重要的是，她们从不给人施加情感压力。

2月18日，星期二

阴沉的一天，暖和，下着大雨——外面的路将会成为一片泥泞。我对帕尔默先生下的结论是不公平的。想不到他是一位开放、亲切、善良的人。他来此的确是想告诉我，去年夏天他发现了我的作品，感到非常高兴。他出生于缅因，父亲是搞“木材生意”的。我很喜欢他谈论他父亲。他父亲现已退休，住在奥古斯特附近，他的房产占地两英亩，“房前一亩是草坪，房后一亩是花园”。奇怪的是那样的语句竟能使人沉入梦境里！那一个半小时过得非常愉快。这些日子我一直感到倦怠乏味，牢骚满腹，也许抱怨的时间太长了点。帕尔默先生谈到了一件事情使我很感动。他说，不读《圣经》的人对我作品中的许多内容会无从理解。我估计在写作时，我无意识地引用了许多宗教内容，这还要追溯到在阴影山学校读书时的年代。那时得到的启蒙是，不用心学赞美诗、不精通《圣经》的孩子将来会在许多方面一无所知。

有一天收到一封陌生人写的信。他读了我的《诗选》中有关我父亲的部分后很感动，写信给我谈我父亲。他说道：“在哈佛上大学时，我选修了乔治·萨藤的一门课。他为我树立了榜样，学者该是什么样，我需要成为什么。他学识渊博，却仍然热衷于学习，从不感到苦累厌倦，他把学习看作是一种精神享受。他谦虚无私，我觉得他对竟然有那么多学生选他的科学史课一直觉得惊讶。而且他很善良，我一九四四年在印度当兵时，他两次写信给我，从没有哪个教授做过这种事情。”

写信人很抱歉在我父亲去世十五年后才写这封信，但这封记忆犹新的信，要比写在十五年前珍贵得多了。今年以来，这是人们第二次向我提到我的父母，与我分享他们对我父母生动的回忆。

2月24日，星期一

喜人的春雨斜斜地下着……似乎在二月的头两个星期里整个冬天就过完了，我感到冬天有点被褫夺了！眼下周围总有一大群黄昏雀——它们在此地过冬，可在上星期才发现了鸟食槽。温驯的塔玛斯在撕扯着一只血迹斑斑的死灰松鼠，肯定是布兰波逮住的，我看见它在一片灌木丛下折腾这只松鼠。我忘了这些和我在一起时温驯的动物，当它们本性恢复时，它们的牙齿是多么犀利无情。

去年夏天，我答应了做联合研究生院两位女博士生的导师。这样安排可以使学生就近学习，和导师一年中有一星期的见面机会来讨论她们的研究课题。诺玛主修方向是私人日记，她一直在随时记日记。凯伦是想通过神话对妇女做进一步的分析研究（她以希腊神话中的美杜莎和雅典娜为起点）。时不时地，她们正在搞的课题研究文章便不期而至。上星期用了两天时间在看诺玛写的东西。这引起我对怎样记日记、对作者有怎样的要求做了很多思考，我还从未这么认真思考过。我不认为记日记是年轻人的事。年轻人记日记有一种危险，像希腊神话中只爱自己的美少年纳喀索斯，极易沉浸在自我意识中。如果一本日记要对作者、对读者有价值的话，作者必须要客观地记录自己当时当地所体验到的。记日记的全部要旨就在于抓住正在进行中的事。至于具体内容则不应是记叙，而是分析自己所得经验，至少努力归纳出最本质的东西。第二——这点比较奇怪——能使读者感到兴奋的常常是日记中的细节琐事。除了他们自身,很少有年轻人去仔细观察任何外界的东西。然后是内容产生的背景——这是指一个人的阅历及思维情感方面的经验——年轻人在这方面是很浅薄的。问题的核心是,我的意思是说,日记中不常都是自我。

诺玛打算,而且已经开始写了很多她称之为"回顾日记"的东西,同时也在每天记日记。(顺便提一下,我不信有人每天都会记日记。)给这些不同的日记类型下定义一直颇费思量。我觉得在自传(她的"回顾日记")与日记之间有相当大的不同。自传是写人的一生或是童年生活,是对过去很长时间以前发生的事情的回顾。自传是"我所记忆的东西",而日记必须是"我现在的情形,此刻所发生的事"。我希望诺玛能找到一种合适的方法把两者很好地交织在一起。常常是目前所经历的事情使人联想到过去发生的某一件事,由此对过去的事突然有了新的认识。我想这是可以的。

除了这些外,上星期又收到了一页又一页的莱诺拉·布劳因整理的我已出版的书目,他搞了有一年多了。我得核对一下,同时我还得一点点地打开小包杂志、选集等,这些自搬过来后还未打开过。平时做这些事倒还有趣,可现在却有些烦人,眼下我有那么多别的事情等着去做。

第一次演讲安排在本周四,在新罕布什尔大学。演讲之后要进行有关做女诗人的问题讨论。这不又来了!今天上午我得把这一切安排妥当。

2月26日，星期三

今春的天气令人沉醉……阳光透过云层光芒四射；此刻，大海黑沉沉的，海天之间有一条长长的光束。

自从去年十月惊愕地见到年迈古板的朱利安·赫胥黎后，我所了解的、爱恋过的他又重新浮现在脑海中。昨日收到一封瑞典朋友寄来的信，这位朋友记着一九四〇年前的一个夏季，在奥地利格伦德尔看到我们的情景："有一幕生动的景象使我不能忘怀，夹在一群客人中间，我站在吃饭的长廊前，那时我看到你和朱利安·赫胥黎从松树林里走出来，你俩苗条修长，神秘又美好，充满活力和默契——那印象我永远不能忘记。"读至此，我羞惭不已，吃惊地回忆起我们在一起时的美好时光，时间的淤泥竟是这样把一切都阻塞了！

3月4日，星期二

罗莎琳德·格林去世了。她孙子昨晚打电话过来说她长长的一生结束了（她健康地活了九十多岁）。近来死亡消息太多了，我感到脊背发冷，父母亲那一辈的人一个又一个地都去了。

“他们都去了光明世界，
我一人独坐苟延残喘……”

并非是我自己想死，上帝知道，而是当没有什么人，比方说，从孩童时代起就记得我的人，还活在世上时，生活的基本形态急剧地改变了。每次收到这类死亡消息都是一次地震，每一次地震都会把过去的一小部分永远地埋葬。

像赛琳一样，罗莎琳德与我的童年紧密联系着。那些在罗利盐沼地霍斯林河地带度过的夏天！多么幸福的记忆！追赶珍妮——是只山羊——它常常偷跑到沼泽地去；涨潮时，跳入深水潭里游泳；从干草垛上滑下来（禁止行为！）；让富兰克·弗罗辛汉姆叔叔教我们骑他的小马；发明了许多可怕的恶作剧捉弄老年人，还有乔伊和弗朗西斯科（比我和凯瑟琳大几岁）——格林家的环境气氛令我陶醉，假期我是他们家的一成员，被带入他们家庭生活的戏剧里，我甚至陶醉于罗莎琳德每晚过来和每个孩子做晚祷，尽管她明显地是在“演戏”。毕竟她曾梦想做一名演员，要不是她兄弟阻拦，她很可能成为一位了不起的演员。她兄弟古板地不让她当演员，对她说，如果她胆敢上台演出，他会一枪把她崩了！事实上她依从了，没有去当演员，但她的一生的确好似在台上扮演英雄角色一样。

罗莎琳德是个大美人，她是我所见过为数不多的我称之为美人的女人之一，尽管她的四个女儿都很美艳，但无一具有她迷人的风度……女皇似的仪态，蓝宝石般的眼睛。

在想她的时候，想到她所有错综复杂的性格及迷人之处，我不由得要用文学语言来形容她——她原可以成为亨利·詹姆斯笔下一位杰出的女主人公！他会富有感染力地在丰富多彩的生活画面中展开这个人物。因为我从小到大都了解她，也因为我崇拜敬爱她，对我来说，我不可能那么好地展开这个角色。但有一条线索显而易见：她的生活是有意识地通过受上等之教、行上等之德而塑造的。对生理残疾她从不抱怨，甚至到老年因关节炎导致腿瘸也不曾抱怨过；她生活节俭，却慷慨给予；对背景不同的人们而言，她是一位令人愉快的朋友。

罗莎琳德一生都在写诗。假如她那时真的要写，也愿意冒险接受批评的话，她会成为一位很不错的诗人。可我也注意到，她对她的孩子们要求太高，在她们刚开始萌发雄心时，那点雄心就像用酸腐蚀盘子一样一点一点被蚀掉了。她不允许她的孩子们笨拙或失败……一个艺术家在成长中，没有难堪与失败，他的才华不可能流溢出来。女孩中的每一个都天资聪颖。凯瑟琳本会成为一个真正的画家。可她们的才华均因母亲的过高标准、对初萌之才的无情苛责夭折了。在许多方面，罗莎琳德是一位很糟糕的母亲。什么样的母亲能像她一样，去女儿家做短暂逗留，却要求女儿举行晚餐宴会以表达对她的敬意？而且还要唱主角？

3月7日，星期五

无论什么时候去“内陆”，如昨天我去剑桥参加罗莎琳德的追悼会，都会看到冰冻的池塘、湖泊及河流。现在整个冬季住在“不冻之水”的海边是多么快活！内陆的池水全都是灰白色，而我这里看到的却是明亮蔚蓝的海洋衬着早春惨淡阴灰的天际。此情此景总会令人眼前一亮。

追悼会在剑桥的基督教堂举行，教堂庄严肃穆，建于十七世纪。我有意提前一点进了教堂，灵柩上蓝色蝴蝶花和银莲花令我立刻动情地流出了眼泪。这花卉似乎完全表现了那火焰，罗莎琳德自己的那把蓝火焰。前头第一排的长椅上只有乔伊，她是罗莎琳德唯一还在世的女儿，还有扎着马尾辫的小弗朗西斯科，小女孩是罗莎琳德的曾孙女之一。这孩子生下来时，我特别介意任何人用弗朗西斯科这个名字，这名字是她过世外祖母的名字，我是那样爱她的外祖母弗朗西斯科，她是那样的美！然而现在这个家庭中好多成员都已去世了，我突然感到生命在不同辈分的人之间传递着一种甜蜜，我为小弗朗西斯科高兴，她在说悄悄话，一边微笑着，全然不理解我们来此为悲惨的死亡进行哀悼。

后来，在朗费罗公园我们聚在一起，乔伊和我聊了一阵，我们一向如此，相处十分融洽。三十多年来，我一直和罗莎琳德的女儿们接触着，想探究她们母亲身上的神秘之处。凯瑟琳常常对母亲抱有强烈的抗拒态度，下决心在去世前要自己安排后事，不让罗莎琳德“插手”，就像她插手长期患病的弗朗西斯科的后事一样。罗莎琳德不算是一位好母亲，但却是一个蛮不错的外祖母，我在说这话的时候，乔伊接过去：“不错，祖孙们‘闪闪发亮’，我们却被烤焦了。”

听到此处，心头思绪种种，不由得想赶快离去，回头再去想这事。“对我来说，罗莎琳德是位英雄。”就在几个月前我听到一位年轻人这样说。

3月16日，星期日

我有些感染，不太严重，最后星期五还是去看医生罗森费尔德……所以眼下吃的尽是什么抗生素之类的药，自我感觉像一只又大又沉的口袋，无论怎样都提不起来。什么都不做倒也好——昨天我无所事事，有时躺在楼上的床上，有时躺在廊室里的躺椅上，看看花卉。我很喜欢这房子里宜人的居室，舒适宽敞、光线充足，读了几页昨天寄来的弗朗西斯·赫胥黎的《神圣之路》。书里充满严谨周密的定义，有时得中途停下来想一想。

两天前紫朱雀又出现了……我惬意地静静待在那里，瞧着成群的鸟儿围着鸟食槽飞来扑去。过去几个月里看到的是成群结队的黄昏雀，现在黄昏雀里又出现了金翅雀、紫朱雀——好一幅色彩的展示！星期五受东北暴风雪影响，地上积了一点雪，晨鸽在空中飞翔。

我设法带塔玛斯出去走了走，雪地上除了一辆汽车轮胎的痕迹外，就是我和塔玛斯新留下的脚印和爪印。每天我们散步的路线都一样，绕着后边沼泽地边土路走一圈，大约有一英里地。一路上可以看到各种树木，首先穿过的一片铁杉和白桦树林在冬天蔚蓝的天空下秀丽挺拔。走过一段后我们来到一片开阔地带，地势略高的地方矗立着一棵特别高大的白松树，是这开阔地带的一道风景。从树林里钻出来，走进这开阔地带甚是愉悦。之后我们走的路开始蜿蜒岔开沼泽地，穿过一条山毛榉林道，最后向右拐，进入大门，回到自己的领地，整整绕了一圈。

布兰波几乎总和我们一起出去，跟在后边大约有二十步远的地方，有时急速跑上前来，甩着尾巴，缠绕我的腿，或是像只小黑熊似的蹲在地上，等人去抚摩它。塔玛斯忙活自己的各种事，闻闻这，嗅嗅那，根本顾不上去注意布兰波，但布兰波却不时地摇尾巴，冲到它前头，想让它追赶自己。

这每日出征是我生活中重要的组成部分。它使我大脑得到休息，驱走了一上午工作的紧张感。

（从三月十六日到五月二十七日，其间只记过两次日记，其余是空白，这是由于我患病不轻，未能坚持，仅能对付的就是把已经答应下来的演讲及教学任务完成了，这其中包括两星期在俄亥俄州的威斯利安讲学，在克拉克大学毕业典礼上致辞……致辞时我有气无力。)。

5月5日，星期一

灰霾、阴冷，劲风狂吹……春天什么时候才能到来？我是多么渴望那风和日丽、新叶滋生、大地苏醒的春日！今年竟然要等这么长时间，简直如同身在地狱里！唯一滋长的是地上的草。草地已到需要割刈的时候了。我想这倒也好，反正我也没有时间去种园子，要等到五月十一日，克拉克大学毕业典礼致辞后才行。那是明天在新英格兰大学的演讲之后最后的艰巨考验。

值得回忆的是昨日的生日庆祝，多萝西·华莱士开车把凯瑟琳·泰勒带到这儿来吃午饭。凯瑟琳·泰勒(前阴影山学校校长)今年八十六岁，瘦得吓人，拄着一根拐棍，走路颤颤巍巍的，可精神矍铄，头脑像以往一样敏锐，她那不论与谁在一起，不论是男女老少，都使人感到一种倾心相待的热情依然如故。这是一次欢乐重逢的盛宴，我已多年没有看到多萝西或听到她那朗朗的笑声了。由于迷路，她们晚到了一小时，我一直在福斯特花店门口在寒风中等着，目的是从那里把她们带到家里来，当时我不由想到可能发生的各种可怕的事情。但所有那一切都在我们见面的温暖和欢乐中被丢在了脑后。我们围着壁炉交谈着，喝饮料，吃龙虾，饮着多萝西带来的上等白酒。不用说，大海像往常一样是灰色的，我多么希望它是蓝色的！

我又在做长梦，梦见了赫胥黎夫妇……自他去世后，几乎每星期都这样。我在想朱丽叶，渴望有时间好好给她写封信。但现在忙于外面事务，要到五月中旬才行，这段时间忙得连喘口气的机会都没有，我尽量避免写作，更不用说会见朋友，使自己不至于得什么大病——实际上，远离自己的内心生活才使我觉得像得了病一样。

没有间断的是阅读韦恩写的《塞缪尔·约翰逊》，我一直饶有兴趣地在读这本书。昨晚七点半就上床了(整整忙了一天)，很惬意地躺在床上，旁边大花瓶里插着一大把作为生日礼物送来的粉红玫瑰花，塔玛斯和布兰波同在床上。这样的生活谁还能抱怨？我是世界上再幸运不过的人了。

整个这一年来我感到时间上断断续续。太多不幸的死亡消息使人难以承受，我想从现在起，我必须少接受外面演讲的邀请。即便是一次外出演讲也会把我认为是真正生活的空间占去很多。“与社会接触”，那正是我觉得我可以拒绝的……

5月23日，星期五

上星期我应邀写一篇悼念朱利安·赫胥黎的简短悼词……追悼会六月七日在纽约举行。我终于决定以一位朋友的身份来写悼词，尽管这等于是在追溯自己的过去，我还是很高兴地接受了，因为这迫使我回顾最初岁月里我们之间的友谊、他对我所有的热心帮助，以及他身上所具有的非凡魅力。假若一个人深挖记忆的话，通常会奇怪地发现感情上有一种倒退——忘却的记忆又重新浮现出来。有多少我们已忘却，又有多少我们记忆犹新、亲切感人的往事会交织在一起！我是这样悼念他的：

"去伦敦时，我还是一个年轻女子，刚开始写书出版。朱利安·赫胥黎夫妇接受了我，把我作为一个朋友带进了他们神奇的世界。我说'神奇'，是因为朱利安当时是动物学协会的秘书，他们住在动物园办公楼上的一所宽敞的公寓里，在那里吃茶点时，你会发现客人中有位小幼狮是常有的事。几只虎皮鹦鹉四下飞来飞去，不知什么时候会飞落在你的头上；有时，格列弗，那只小夜猴，飞蛾似的柔软，有一双特大的眼睛，会坐在餐厅里的饭桌上，从跟它的个头差不多大的玻璃盘子里抿甜点。

"赫胥黎朋友圈子里有各式各样的人，以我那时幼稚的眼光来看，他们就像动物群一样神奇。其中有诗人T. S.艾略特，科学家索利·朱克曼，一些画家，以及年轻的博物馆馆长肯尼思·克拉克等人。你摸不准这圈子里会有谁，也不理解这些来自各界的人是怎样凑在一起的，然而听到的总是阵阵欢笑，给人一种亲密美好的感觉。赫胥黎家的社交聚会从不使人拘束不安。在这种场合，你会感到眼界大开，妙趣横生……实为罕见！

“回想那时的情景，那还是在四十年以前，我不由又像那时一样对他们的慷慨给予以及他们所表示出的友谊感动至深，他们以实际行动证明了这种友谊……在我写第一本小说时，他们把惠普斯奈德动物园的公寓租给了我。战后，我和他们一起住在巴黎，朱利安那时担任联合国教科文组织第一届秘书长，工作紧张繁忙。然而我对朱利安的工作经历，在工作中取得的杰出成就不甚了解，我要讲的是以下发生的事情。

“我看到的最为生动的情景是他在乡村的时候，不论在哪里，无论什么季节，只要听到鸟在啁啾，他会立即放下所有手头正在做的事情，急急忙忙拿起观鸟镜去追逐那鸟儿；我看到他倚着干草垛高声朗读诗歌，一边从一只暖瓶里倒茶喝；我看到他趴在地上，手举着伸缩望远镜，全神贯注地观望无意中发现的一对小鸟正在追逐交配的情景，他那欣喜若狂的神情几乎不亚于正在交配的野鸟。与朱利安散步是在做百科知识旅行，路上有甲虫、蝴蝶、野花、野草、树木，当然更有小鸟——他博学、精准，常无意识地即席滔滔不绝地讲解起来。他并非在卖弄学问，而纯属是受一种永不满足的好奇心驱使。而这作为科学家的好奇心又与诗人对大自然的敏感性相匹配。正是由于这两者的结合，让他变得独特。他在牛津大学时曾获得过纽迪吉特诗歌奖，我想对他来说那就像他获得的任何荣誉一样使他满足愉快。

“户外活动可以让他偶尔轻松一下。旺盛的精力有时会过快地推动着他在过多的领域探索，似乎在户外活动中可以使自身平静下来。另外，我也注意到他哲学家的一面。他汲取多种资料，归纳整理，然后综合细节，把它们上升为理论和观点。也许他这样被驱使或努力驱使自己是因为他敏锐地意识到一种时代的紧迫感。从生物进化发展的长远观点来看，人类无所畏惧地进化到今天，在他看来，会有一种灭绝的危机。事实上，长远观点激发了一种紧迫感，促使他不断地向人们提出警告；紧迫感使他觉得人类存在的诸如人口增长的主要问题得不到解决，他就不会得到安宁。

“不管什么原因，他的确在拼命驱使自己。无穷的精力，天真的幽默（几乎什么笑话都能把他逗乐，他自己也净说笑话），对人、对自然美景、对某种思想的敏捷反应不时地表现出他另一方面的极端。他曾经自我怀疑，几乎到了濒临绝望的地步。若不是朱丽叶在他身旁，若不是她的耐心与智慧，他会挺过来吗？有她在身边，这位优秀的人物才不止一次地从近乎毁灭中存活了下来。

“对如此一位复杂多面的天才，几分钟内能说些什么呢？我心中涌现出的第一个词是‘慷慨’。我们认识的时候，我二十五岁，朱利安五十岁，然而他对我平等相待——有什么能比这更为慷慨？他对我是这样的，他对其他成千上万的人也是以各种不同的方式使他们感动。让我用朱利安·赫胥黎的四行诗来结束我对他的悼念，一首题为《故乡》的诗：

像枯树突然开花，记忆在发芽；
似春天匆匆探寻的蜜蜂，
这里的一切都在生命焕发，
发现采集，让记忆永远伴随留下。”

5月27日，星期二

眼下正值仲春时节，花园里樱花绽放，苹果树开始结果，郁金香娇艳……绚丽多彩！非常高兴海伦·米尔班克来吃午饭……自我搬过来后，她还没有来过。看得出她很理解我为什么对纳尔逊不再留恋。她的来访使我感到格外愉快，她走后，我意识到我是多么渴望这种交流，这种既有见识又理智的交谈，涉及许多我们认为重要的事情。

终于跟波士顿的一位鼻喉专家约好，明天下午去看病。我实在不愿再这样继续下去了，总感到身体不适，每天不得不强打精神做日常家务，平日不常做的事情，诸如播种什么的，就更使我疲惫不堪。我不得不承认，这个春天很不如意。加之雷蒙德手中活计太多，连最基本的事情也无暇顾及。海伦来时，那条幽美的、使整个这地方看上去别有韵味蜿蜒延伸至大海的草径甚至还没有割刈过。眼下果树花开茂盛，看到外面草坪上蒲公英到处滋生，草足有五寸高，不由得感到泄气。此地的特点是布局规范的美与大自然的自然美和谐地交织在一起，当这特点无法展现时，我心里很不是滋味。好在昨天雷蒙德到底把草坪割刈了，这下草坪看上去非常得体，就像一首音乐刺耳地响了一阵后，又重新动听地演奏了起来。

6月2日，星期一

新的起点，我终于感到好多了。两天前在园子里愉快地干活时就觉得好多了，今春这还是第一次有这种感觉。到目前为止，园子每天下午好似一条卧龙在静候着，等待着我不得不和它搏斗一番。种了六棵番茄，两盒三色堇及一盒浅蓝半边莲。种下的这些东西用作园子的遮阴围墙。种完之后非常愉快。

今天是六月惯有的好天气，朦胧淡蓝的海水，绿油油的大地，树叶青嫩。我伏案写了一会儿，把博根那一篇做了点修改，对整部书又思考了一番。两个月过去了，这期间有将近三场公开演讲，加之应付一些烦人的日常琐事，现在又该是伏案写作的时候了。忘情地写了一小时实在是好极了！

看过鼻喉专家后我也没有好到哪里去……他对我喉咙疼了三个月不见好转显得有些不满意，认为是这里医生开的药方导致了我这般困乏疲倦。他建议我每天要喝八杯水。我每天认真地在饮八杯水。

今天有点困倦，昨晚大约十一点，布兰波在窗口喵喵地叫，我起身让它进来，没想到它嘴里衔着一个小东西。它把小东西放下，耍弄着它，嘴里一直在大声的呼噜呼噜地出气，像老猫对小猫一样发出特殊的叫声。我躺在那儿，心里害怕，浑身冒虚汗，希望抓扯拨弄、四下奔来窜去的折腾很快结束。但显然它没有伤害那小东西——它走开躺下了。该怎么办？结果我起身把布兰波放了出去，把所有房间的门都关紧，然后把廊室的纱门打开，希望这小东西能够想办法出去（幸好下雨天没有蚊子）。每过半小时我打开灯看一看。最后，我瞧见塔玛斯竖起的耳朵，知道那小东西还在那儿；顺着塔玛斯的方向，我朝右边望去，正是那小东西——格外柔软、毛茸茸的，一对大而黑的眼睛，正爬在一只硬椅背上。我想是只飞鼠，但我仍不能肯定。我起身从壁炉处拿了把笤帚，轻轻地捅捅它，希望能把它弄到外面去。结果，它飞到了我的床下，爬至床边的旋转书架上，卧在最上方书的缝隙里。还得再等。我找到一只空鞋盒子，企图捅它钻进去，它钻进了盒子，不等我走到门口，它又蹦了出来。最后终于在清晨两点时看见它安全地逃窜了出去。哟——

塔玛斯感觉到我在担心，想要保护那小东西，一直表现得十分绅士。通常遇到这种情况，它会跳下床来大叫。它可真是一位天使！

6月7日，星期六

我每隔一段时间就要回想这奇特的一年。今年一方面收到了那么多的死亡消息，另一方面我又在写有关人物群像的书。这种情况并非偶然。每天早上在床上吃过早饭后，我用半个小时时间看罗莎琳德·格林的一大摞诗歌及短篇散文（不久以前，她曾请求我做她的文学创作执行人——我又怎能拒绝？）

我想到了当我还在剧团工作时她对我的慷慨援助。那时我们在都柏林租房子，那里的夏季住户们斜着眼睛看我们这群嬉皮士模样的人（尽管“嬉皮士”这个词是在那以后很久才流行起来的），她帮我们争辩。她确实是一位随时都在给予支持的朋友！

我早预料到过目她的上百首诗是一件痛苦的事情，的确如此。她很有才能，但多少年来却没有任何长进。诗写得太抽象、太一般化。她从未发现象征、比喻会使她强有力地表达具体事实。因此，她的诗写得有些做作，显得有点自我沉浸，我不免替她感到难过，同时又被这些诗搞得烦乱不堪。诗歌会使人起反感，除非是首好诗。“我也不喜欢这些诗。”玛丽安·穆尔也这么说。我希望能从这些诗里筛选出大约五十首，私下出版，留给她后代赏读。

与此同时，我心里不断地在想，这些诗委屈了罗莎琳德。她庄重复杂、勇敢热情……她拥有这一切，却并不自知……和她本人相比这些诗显得暗淡无光。对那些不了解她的人来说，这些诗歌会意味着什么？他们怎么会想象到她那蓝宝石般的眼睛，那翘起的下颌，那夸张的波士顿人的讲话方式，那“婆罗门”般的气度，尽管她出生于费城？

整理这些诗的时候，我也在开始写赛琳·林鲍士，我常发现在这两个杰出的女人身上有着惊人的相似之处，虽然初看时会觉得两人有明显不同。赛琳对自己的写作能力同样也抱有一种错觉，上了年纪后以写诗聊以自慰，但诗写得极为粗劣。也许这和两人都曾做过演员有关，两人均无意识地在扮演角色，各自因此破坏了自己和女儿之间的天然关系。我不时听到她们女儿在提起她们时，语言显得很激烈——实际上是表示憎恨。赛琳的支配占有欲表现得更为明显一些，她们作为一个母亲在自己女儿的心灵上打下了深深的怨恨的烙印。两人都有一种根深蒂固的优越感——罗莎琳德有着传统贵族阶层的优越感，赛琳表现出某种精神上的优越感以及学问上的自负。这一切我都看得很清楚。然而我热爱这两个女人，正因为我不是她们任何一方的女儿，我与她们之间的关系才真正可以得到滋润，富有生命力。她们代表着两个截然不同的家庭个体，她们各自给予了我作为一个孩子的家庭生活体验，而这正是我所渴望的——一个真正“家庭”里的成员。

这些日子我对过去想了很多，结果认识到过去在不停地变化着，从未静止过，从未像书本一样永远“搁置”于书架上。随着我们自己的发展与变化，我们对曾影响过我们的人与事都有了新的认识。

只是最近我才开始认识到而且接受了路易丝·博根从未真正承认过我的诗歌或小说的事实。几年前我完全不可能面对这个事实，在她活着的时候更是从未想到过这个问题，总以为那个时候她对我的作品的看法有所保留。现在我可以接受了，一定程度上是因为我对自己的作品掌控力更强，而且我对自己远比以前有自信。大概对路易丝·博根来说，接受或承认我的作品要比我接受她不承认我的事实难得多。

另外，我们对衰老越来越能理解，对上了年纪的艺术家或是人内心的恐惧和问题也越来越比以往更有体会，在他们活着的时候，我们对这些问题不见得能像现在这样去理解——我们正在走他们走过的路。比如，以前我从未有片刻工夫想过，六十岁以后我会不再写诗，也从来不曾想象到河流会干涸——但事实确实如此。

经过昨日一场大暴雨后，大海今天在温柔地咆哮着……淡蓝的海水，海面上此一处彼一处地波光闪闪，田野绿油油的，绿得如梦一般。

昨日顶着大暴雨，我冒了一次险。像往常一样，每星期去一次基特里买食品。买完东西后，发动了车，突然发现挡风玻璃雨刮不能动了，一路开车回家，弯弯曲曲的路大约有十五英里，只能是从车内透过瀑布似的雨水向外看。没想到竟然开回来了，想来蛮有意思。

朱丽叶到纽约参加为朱利安举行的追悼会，我热切地盼望她能到此住几天。盼望中，顿时觉得这地方的一切都焕发出生机，是那样美。我爱恋地在房子周围四处走走，看看那景致，那整齐和谐的园圃，那宜人的居室，想象着朱丽叶看到这些时，会为决定来这儿感到多么高兴。可她打来电话说她不能来。这时，我心里很清楚，要想和我所期盼、等待的人分享我这里拥有的一切是多么、多么的不容易。我是那样满心欢喜地期待着，期待着再次体验生活中那令人震颤的激动心情。

然而我在种植园圃中找到了真正的快乐，感觉身体很好。在暴风雨来临之前，我种下了卷心菜、二十四棵小剑兰，而且，谢天谢地，雷蒙德那天过来把前面的草坪修剪了。现在一切看上去都像本来应该的那样整洁美好，这在今春几乎是第一次。

6月9日，星期一

太阳终于出来了！今年春天一直很怪，五月间寒冷异常，现在已是六月，连续好多天阴雨不断，昨天气温是五十五度。此刻天气很好，适宜移植花木和除草，昨日做了一件大事——把天竺葵及三棵宫人草从屋内移植到外面过夏，这样那放置花卉的大窗台看上去不再那么凌乱，显得雅观了些。今春屋里屋外到处混乱不堪，心里实在不舒服。园子里水仙花艳丽夺目，可在水仙花上边，花墙上的草长得老高，那里雷蒙德没有割刈，此刻杂草丛生，而且早些时候樱花盛开时，整个草坪一塌糊涂，草长得老高，吹落的蒲公英到处都是。眼下所有篱笆又需要修剪。这些都是他的事……我手头的事已经够忙的，还要照顾园子里的草木花卉，给蔬菜豆类植物不停地除草等。

问题是他年龄比我小一岁（我们的生日都在五月前后），而他揽的活计却太多，使他忙不过来——尤其是要翻耕一百多个园圃——而这个季节正是他的“固定客户”最需要他的时候。没办法，只能耐心等待。不管怎样，杂乱无章使我不悦。

一位住在加利福尼亚州的朋友寄来一本书，作者是研究心理学的。显然，这位心理学家在帮这位朋友对她潜在的能力与将来打算进行分析。事实上，这位心理学家很有自己的独到见解，可她的写作水平却很糟糕，我几乎读不下去。幸好我还是继续读下去了，很高兴其中有一章谈到人的精力是如何被消耗掉的，这对我很有启发，尤其是她认为有一种人是“消耗精力的人”。

“敏感，”莎菲卡·卡拉古拉医生讲道，“说明消耗精力的人有封闭的能量场。这种人也许完全没有意识到他的能量对别人所起的作用。他们只不过觉得和更有活力的人在一起会使他们自我感觉好一些。任何一个人和这种消耗精力的人接触一段时间的话，都会觉得精力在被极度地消耗着，自己也不知道是什么原因。到后来，要维护自己的强烈本能使受害者不可遏制地要躲开这种消耗精力的人。出于种种原因，对造成这种结果，受害者自己大概也有些责任。但等到事情发生之后，他对那些消耗精力的人通常感到极度地恼火。”

生活中我对此深有体会，现在知道为什么了。

6月12日，星期四

这些日子树林里花儿一朵一朵地绽开，到处是意想不到的奇妙美景。我最喜欢的浓香扑鼻、匀称成团的白色几何形山茱萸盛开了，当然还有凤仙花——我是突然间发现它们的，在残枝落叶或是松针中亭亭玉立，那样优雅，使我屏息赞叹。

到了晚间，到处是夏日昆虫啾鸣声，树蛙呱呱直到深夜，伴随缓慢有节奏的波浪……几乎每天凌晨三点左右，我都要被在纱窗外喵喵叫的布兰波吵醒。不得不起身把卧室通向露台的门打开让它进来，心里总是战战兢兢，因为近来它总带回来些动物小崽，它逮住这些小崽，像叼小猫一样用嘴把它们叼回来。那天是只飞鼠，昨日六点它又叼回一只完好的小兔崽。小家伙没有受到任何损伤。

怎么办？我睡不安稳，心里实在烦乱，不知如何是好。最后，我起来找出一个盒子，把柔软可爱的小不点放进去（那完美的小耳朵！），然后在睡衣外套上一件大衣，穿上雨鞋，把车发动了起来。大约开了有一英里地，我把小东西放回到田野里。它能照料自己吗？

昨天及前天都是六月间常有的好天气，晴朗凉爽，树木依旧绿油油地充满了生机。但眼下园子里没有什么花可以采摘，要等到蝴蝶花开了后才可以。我在路边偷摘了点金银花，好使廊室内有些欢乐的点缀，因为南茜·伍德森十八岁生日，她全家都要来庆祝，我置备了龙虾沙拉及香槟酒，愉快地把一切都准备好……一边在想南茜和她的弟弟汤姆。听到南茜刚刚勉强从高中毕业，有机会开始学习自己真正喜欢的东西，不由得替她高兴。她不像她的弟弟汤姆那样爱学习，可她热爱艺术，被蒙塞拉特学校招收了。突然之间，对她来说所有难以办到的事情，所有关着的大门都向她敞开了。

他们比计划中晚来了一小时（安妮接到了一个没有预料到的电话），这一小时对我而言实在是好极了。露台上放着椅子，我在躺椅上躺了大约有半小时，越过田野，眺望平静蔚蓝的大海，聆听小鸟在啁啾……一只紫雀甚至飞下来在塔玛斯的盛水碟子里喝水，碟子放在露台墙头上（塔玛斯通常是直立喝水，原本就是为鸟儿准备的，但我还是第一次看到鸟儿飞下来喝水）……观望着树燕在田野上方飞来绕去（它们正在一个鸟屋里筑巢）。布兰波爬过来，蜷卧在几步远的石板上。塔玛斯躺在我脚边，整个气氛安详宁静得令人屏息。我怡然自得地享受着。

稀薄的高云开始聚集，天有点暗下来，一阵微风吹来，突然有些冷意。我起身做了一些零碎事情，这些小事情已在心里搁了很久了。我给两株天竺葵喷了喷杀虫剂，天竺葵是前些日子才移植到外面的，上面有白蝇。接着把在灯下做试验的长筒花鳞茎栽了几盆，然后又修剪了一番露台上的草本植物。

6月13日，星期五

伍德森一家及芭芭拉·巴顿一小时多一点后终于到了。

南茜妩媚动人，头戴一顶大草帽，身着粗棉布裙，上身穿一件素净的白色短袖衫，长长的浅色金发，椭圆的脸孔，纯净的蓝眼睛，这一切使她看上去像一幅迷人的印象派肖像画。汤姆牙齿上的牙箍终于卸去了！他看上去有点倦怠，也许是因为他正用功准备生物考试——后来他到我书房去学习了一小时。安妮、芭芭拉和我裹上毛衣在露台上一直坐到将近七点钟。我们呷着苏格兰威士忌酒及饮料，欣赏着平静的蔚蓝海水和绿油油的田野。南茜想进屋，我在那间舒适的房间里燃起壁炉，她蜷靠在沙发里翻阅着《伦敦新闻画报》。汤姆在楼上，南茜在楼下……我很喜欢房间里有孩子们，喜欢一对一的交流。他们坐在那里给我的感觉要比跟我们很死板地坐在外面时显得亲近一些。最后我们围着壁炉，一起大吃起龙虾沙拉来，谈话中我们提到了人对人的看法是怎样随着时间在改变着——自然，我在《世界之光》中对这一点深有体会。

昨日和今日，整天整夜都在极度的失望气馁中度过。我本希望安安静静地在园圃里做几个小时的活计，把还没有做的事情尽量做完。结果倒好，我感觉迟钝困倦，想写写赛琳，却不能克制畏难退缩的情绪。像往常一样，难度在于人物的复杂性——为什么不可以复杂？我认识她已有六十年了，这期间我们两人都起了变化。当我还是一个小孩子的时候，她置我于一个金色的世界中，到了她中年的时候，当我开始意识到她有着强烈的占有欲而对此无所察觉时，这金色的世界变成了银色的世界；最后，当看到她长时间不得不独自做所有的事情，看到她对自己的孩子那样充满敌意，我心里非常难受，这时银色的世界终于变成了凄惨的铅一样沉重的世界。感谢上苍，到了晚年时，她把房子卖掉搬到布鲁塞尔住，那里温暖的夕阳确实照亮了她生命的最后几年。

最为可贵的是，那条穿梭整个人物肖像、代表我们关系的金线自始至终是那样温暖，充满了关爱。也许，之所以能这样，是因为几乎每年，除了在战时，我都作为客人来来去去，和她住上几星期。生活的磨难并没有影响我们之间的关系。

我得把这症状记下来（一种对我自己的警告？），昨天坐在这里写信的时候，突然间有一种异样、想呕吐的感觉，接着是出冷汗。莫不是心脏病突发？ 我吓坏了，下楼喝了一小勺白兰地。这天最大的收获是改短了一条裤子！我不常做针线活，裤子改得粗糙难看，我不由得觉得好笑。

6月16日，星期一

“我观察别人，却体验自我。”——弗罗里达·斯科特-麦克斯韦尔

6月17日，星期二

喉咙又开始疼得厉害起来。昨日给波士顿的卡明斯大夫打电话，想尽快得到治疗，但他正在参加一个为期三天的会议。雷蒙德昨天过来了，脸色暗淡，告诉我他已跟玛丽-莉讲他不能再割刈草坪了。我们都清楚他有一段时间没有干活了，他这样决定也好。活计堆在那里，老被人催促去做这做那，却无力而为，实在也是苦恼得很——再加上阴天下雨就更没办法了。

我指望他仍然能帮我修剪篱笆及园圃。他是园艺方面的专家，我刚搬到这里时，实在多亏了有他帮忙。这两三年来，他教会了我不少东西，尤其是修剪篱笆。看他干活我也学了不少，例如，注意到他干活时极为细致周到，种玫瑰丛时坑挖得那么深。我所担心的是请人割草会很贵，而我自己又不行，如果我要自己干的话，别的什么都不用干了。

不管怎样，昨天就赛琳那部分写了不少，写得很满意。这期间，想起弗罗里达·斯科特-麦克斯韦尔写的有些东西可以采用，翻阅中，发现了一段有关母亲和孩子们关系的绝妙论述，正适合赛琳和罗莎琳德（《岁月的尺度》的十六、十七页）：

> 母亲对自己孩子的爱，尽管使她们不自由，来自她从自己痛苦生活中得出的经验，她要把自己

对生活的希望寄托在孩子们身上。她对待自己的孩子会像惊恐万状的老猫爱小猫一样，为了安全起见，必要时，她可以把小猫囫囵吞下去也在所不惜。对孩子亲密，又要给他们自由，这并不容易，安全又危险。

不论母亲年纪多大，她仍然要关注人到中年的孩子是否有进步。事实只能是这样，她不由自主地想要知道自己播撒下的种子是否已脱糠去皮。她从未摆脱过爱的负担，一直承载着对自己孩子希望的重压走到生命的尽头。奇怪的是，非常的奇怪，她永远不理解，甚至有些错误地埋怨她的孩子们没有多少出息，因为许多母亲们都希望，而且有一半期待自己的新生儿将来会使世界变得更好，某种程度上成为一个“救世主”。

6月24日，星期二

热浪涌起……令人沮丧，园子里一切都在炙烤中，而眼下正是花卉盛开绚烂至极时。牡丹花在灼热中绽开，花瓣向后弯曲。顺栅栏攀爬的铁线莲从来没有这样艳丽过，成堆的星状小花，白的、紫的、奇异的淡粉色的，有一堆几乎是纯蓝的，另有一堆是黑紫的，近似于黑色。园子里有长得很高很高的蝴蝶花，一枝深蓝，一枝粉红带紫须，正好盛开在粉红牡丹花和一大堆粉红羽扇豆花右边。想不到五月间那么冷，现在一切竟然都盛开了，很是叫人惊诧。

我倒很喜欢热，让我有种度假的感觉。虽然桌子上开着电扇，打字时仍然感到手指头黏黏的。昨天我只是闲躺着。四点钟时，一阵微风吹来，吹散了窒息的空气，我到一年生的园子里拔草，拔了好大一堆。我想，今年花会开得很美。我正在试种一些新品种，新羽扇豆和山萝卜。当然，它们现在才长了有一英寸高，被杂草掩埋着。事情都凑在了六月——客人来访加上照理园圃。

上星期波莉·斯塔尔来住了一宿。她深为周围的景致所感动，穿过田野的梦幻般小径，微微蜿蜒（为何竟如此像童话、像孩童心目中的童话一样美妙？）。这使她刚一到达就情不自禁地走到卧室外面的露台上，即刻速描起来！她是来客中对此地格外欣赏的一位。然而她走后，我却完全垮了。次日旧病又复发了。

今早，我从楼梯井的窗子朝外望去，瞧见一只木菲比鸟和它的伴侣栖息在电话线上。真有意思！

6月25日，星期三

所有的事都凑在了一起，种花、会客、写信及日常生活！怎样才能理出头绪，恢复正常的工作？不过伊丽莎白·麦格雷尔的话倒使我大为开心。前一天她带着尼克——塔玛斯的妹妹，在这里的时候说到，她在夏天不想做什么工作。可我却想工作，写作是我在杂乱纷繁的生活中一条持续不断的主线。

夜晚时天变得凉爽起来。昨天塔玛斯懒懒的，在篱笆下的窝棚里气喘吁吁，吃了满肚子豆子，今早五点布兰波进来时它硬是要到外面去。我本应该那时起来浇园子，但我却又躺下了。现在两条喷水管在园子里不同的地方喷洒着，待去取信时再把它们收起来。把萎谢了的牡丹花及羽扇豆花掐去，又采了几束新鲜的花摆在了屋里。玫瑰花刚好在绽放。

九点时坐在这桌前，此刻已是十点半了。埃里克寄给我一本哈丽雅特·哈恩的处女作小说《芭蕉季节》，我为这部引人入胜的小说写了一篇内容提要。她的作品出乎我的意料，在我看来有点不可思议——描写了一位年轻女子第一次做爱的经历，既感人，又诙谐。

昨日除了订购了些蝴蝶花和郁金香外——开始秋季订购，没有别的什么收获。大热天里，我变得极为兴奋，几乎忘乎所以，心情异常快乐。玛丽·托泽来了，在码头酒店歇脚，到那里吃晚饭前，她过来喝了一杯，今晚我还会见她。近在咫尺，不在一起的朋友是真正的朋友！房间里有任何客人，我都会有些不自在，心里的弦总是紧绷着。我尽量替客人着想，希望他们在此舒适自在，但我付出的代价却是心神不宁，很快就会觉得心情烦躁不悦，好似所有的精力都白白浪费了。实际上，客人们所需要的是和真正的我在一起，而不是准备饭菜、开车引路、调配饮料什么的。

波莉对我没什么时间写作，甚至连最起码的时间都不能保证，还得设法挤时间来写作觉得很奇怪。她对我说，莫莉·豪消遣娱乐很多，但仍然写作不少，我不由得泄气，直到后来她吐露真情后我才觉得好一些。她说莫莉现在（在爱尔兰）雇有厨师、汽车司机，还有一位园丁！我生活中事务繁多，是因为我喜欢这样，即使条件允许，我也不会去雇用一位厨师。夏天对我来说，可以一天走动五到六个小时，种植园圃，料理所有的事情——洗衣、做饭、买食品、回复没完没了的信件。除了下午可以好好休息一下，一天都在忙活。休息使我恢复了平静。

最近几年我学会了，只要走出这房间，就不再去想写字桌及桌上堆着的那些东西。我认为保持心神镇定的关键是处理每一件事情时都要绝对地集中精力，种园子就是种园子，写作也是一样，会朋友则完全以诚相待。大部分情况下均是如此。

近来每天傍晚，我都要在露台上待上半小时，那时光线柔美，小鸟在空中一只一只地掠过，总是从北向南——知更鸟、猫鸟、极乐鸟及雀鸟。为什么到晚上总是朝同一个方向飞去？我躺在那儿，十分清醒，望着这一切，天堂般的美好。

6月30日，星期一

此时凉爽有风。昨日阴云密布，时感闷热，看上去无疑有一场暴雨。但雨点还未落下来，就已刮到海上去了。埃莉诺·布莱尔星期五来住了一宿，很幸运天气格外明净温和。她的来访使我非常愉快。到今年八月，她就八十一岁了，可她仍然兴致勃勃地种园子、开车外出，甚至在韦尔斯利住的那幢小房子里自己洗床单，而且还做饭招待朋友！她对我而言是一个很好的例子，我们可以用我们有生之年最大限度地去生活，而不会耗尽才华。她教过书，当过学校校长，之后又在吉恩公司做了若干年的编辑，七十岁的时候她很认真地干起摄影来（那以前很多年里，她为同班同学照相，某种程度上在韦尔斯利为她赢得了声誉）。到了八十岁的时候，她在韦尔斯利出版了一本书，摄影及文字内容都由她自己一手承担。有多少人到了八十岁的时候曾取得过如此成就？作为她的朋友，我感到很自豪。

看到埃莉诺对我是一种滋养，因为朋友中有许多都在精神上退缩了，我开始觉得我对晚年生活充满幸福、硕果累累的梦想是一种错觉。然而眼前就有一个证明，证明生活并非如此。在许多方面，埃莉诺比以往任何时候都更是她自己。

今天下午，摩根·米德——那个可爱的年轻人要来聊聊。明天朱迪来住一星期。

7月5日，星期六

连日来天气好极了……凉爽、蔚蓝的海水，玫瑰花开得如火如荼，铁线莲仍然绚丽多彩。眼下迫切需要的是雨水，所以我只好把水龙带拖来拽去，费时又费力，心里很是厌烦。朱迪来了已有五天，比以往更加迷惘游离。每一天我都得想办法对付诸多沮丧的事情。使我心烦意乱的是那些翻来覆去的小事情……睡觉时她不脱内衣，除非我在那看着她把内衣脱了；早晨穿衣服时她糊涂懵懂，我给她准备好的衣服，她从来不穿，却四处东找西摸其他衣服，一次又一次地打点她的行李箱。带着塔玛斯到海边散步也不能让她走的时间太长了，她不止一次迷路到了费斯家的门廊前，甚至有天一大早走到了他家的后门那里，正碰上他们把他家的警犬放出来，尽管嘉德——那条大黑狗，温顺听话，这也真是危险。假使塔玛斯真要是进到了它家里，嘉德咬它也是不足为奇的。

昨日我很希望我们一起愉快地采摘豌豆，她来后这还是第一次……在纳尔逊时，我种的豌豆从来没有正好在七月四日成熟，所以昨天很值得庆贺。可朱迪却不是那么感兴趣（虽然她确实剥了豌豆皮）。接着，我在两排一年生的植物中吃力地拔除马唐草，建议她把生菜地里不多的杂草拔一拔。等我抬头看时，却发现她拔的不是草，而是把生菜拔掉了！这一下我可受够了，本来就已经发生了那么多心不在焉惹出的事情，我痛哭起来。吃晚饭（大马哈鱼和新鲜豌豆）前我洗了个澡，朱迪又不见了。最后总算一起度过了愉快的半个小时，坐在露台上，望着傍晚黄昏雀在空中飞过，看见远处帆船在驶来驶去，她很开心。

现在我感到最难的当然是她人在这里，可心却不在此地，我们之间没有什么可以再共同分享了。我很想告诉她我在想什么，但得到的反应不外乎无动于衷的应付，漫不经心的类似这样的回答："那很有意思！"她这样说的时候，让我感觉显然她对我说的话一点都没有放在心上。不几天后我就开始孤独绝望。

7月8日，星期二

此时此地的感觉是一路下坡……昨天才发现塔玛斯尾巴被咬了——毛皮底下盖着一处被狠狠咬伤的痕迹。这就是说，我想，朱迪以后再来时我得时刻守着她。肯定是在她领它出去遛弯时发生的，塔玛斯从不会自己跑出去，除非是跟人在一起。费斯家肯定地对我说，星期天（朱迪又去了那里，尽管她答应不再去了）是狗相互吠叫，并不是打架，嘉德只不过是在门廊上冲塔玛斯大叫。今早发现被单上塔玛斯躺过的地方有血迹。去看兽医时兽医说伤口感染，所以我只得把它留在那里，两手空空无精打采地回来。原指望今天早上能安下神来好好工作一番，但所有的精力都耗光了。

塔玛斯从不上三楼我的书房来，但奇怪的是我却能感觉到它不在这里。

湿热灰暗的一天。

娇艳的日本蝴蝶花中有一枝硕大的白花绽开了。昨天下午，把朱迪送回到养老院，又去剑桥买了几件衣服，回来后插了束纯一色的白花，些许绣线菊，两枝毛地黄，一枝迟开的牡丹以及秀雅的蝴蝶花。背衬着廊室烟灰色的墙，清一色的白花很是秀美怡人。

梓树上的花在盛开。此地没有梓树，送朱迪回去的路上看到一些高大的梓树，叶子阔大，脉络清晰，扁平的白花开得正盛。这是我最为喜爱的一种树……记得小的时候，阴影山学校操场有一棵梓树。

另外，昨天下午终于只有我自己一个人了，我急切地到户外把洋葱、甜菜根、生菜地里密密麻麻的杂草、马唐草及其他野生植物狠狠地拔掉，长出来的菜都被这遍布的野草杂物掩盖了。如果再下一场雨，据说今天或明天会有雨，那么这些菜类的长势会旺盛起来。这些日子都是在给花卉除草培土，忽略了菜地。菜可以买，花却不能，花对我来说要珍贵得多。

7月11日，星期五

天气非常沉闷湿热，塔玛斯仍旧还在兽医站。没有它很是气馁；甚至连总以自己为中心的布兰波也对此不解，朝我喵喵地叫，好像在说："我的狗伙伴哪儿去了？"

这星期以来，总觉得不停地受到许多事情的打扰，一直无法坐下来写作。昨天用了一个小时翻腾文件，想找出一九四〇年我在黑山学院写的一首长诗。神奇得很，我竟然找着了，饶有兴致地想看看那时写的东西有多少现在还在我心里保存着，这首诗写的是我那时对自由与束缚、对教育、对民主的认识。想不到一位正在写一本有关黑山学院作品的女士的来信请求，倒产生了意想不到的好结果，我很满意自己费时费力把这首诗翻腾了出来。

在黑山学院时，我开始确信不从事体力工作，我就会崩溃，我对自己在这里生活的感觉也同样如此。用相当的时间除草间苗和在写字台前写作是保持一种平衡。做一些体力活不仅仅让身体得到了锻炼，而且可使心神清静平和。

今日看不见海洋……雾霭笼罩着。虽然看不见海水，却比平常更能敏锐地听到那涨潮时持续低沉的海浪呼啸声——动听、有节奏的波涛声。最先是那枝硕大的粉红罂粟花绽开了……我搬过来时它们就已在那儿，布满整个花坛。我认为它们是鸦片罂粟花！花开得很美艳，厚实的蓝绿锯齿形叶子，远没有虞美人那么娇弱。花多数是成对绽开，开得像粉色的天鹅绒一样，不多几株是单花独枝，雌蕊周围绕有一个蓝圈，相当漂亮。

雷蒙德同意留下来继续为我修剪草坪料理园圃。前一天他帮我拔除了野草，一起干活的时光可真是愉快。有人在身旁帮忙，是一种极大的解脱。否则的话，照理园圃简直成了一种炼狱，我会在杂乱中受煎熬，绝不可能脱身进入没有杂草的整洁天堂去。

7月21日，星期一

时间竟像沙漏里的流沙一样流泻得如此之快，流到哪儿去了？好像一连几个星期我都没有一天是清清静静坐在桌前的。部分原因是有四天时间每天一大早我得带塔玛斯去看兽医（伤口痊愈了，但它一条腿却疼得相当厉害，打麻药又有明显的过敏反应，当然天气炎热对它也有影响）。另外天气持续干燥，这意味着我得长时间拖拽水龙带浇园子。这园圃不是那么容易浇的，此一处彼一处的小花坛四下分散着，再加上花丛诸如杜鹃花之类需要分别浇水。但后来总算下了一场倾盆大雨，下了整整一夜直到第二天早上。心中持续的焦虑——老惦记着百万根干涸的根须——总算得到了缓解。

上星期大部分时间是和朱迪一起做我们每半年一次的旅行，去看住在布拉特波罗养老院的玛丽妮娅·法纳姆——自我们圣诞节前去看了她以后，没有一个人去看过她。趁这次旅行，去纳尔逊看了看邻居们，一晚上又过去了。之后，带回一位朋友在此小住了两天。如此一来，整个星期大部分时间就这样过去了。纳尔逊仍然是那样美好。路过墓地（那里是我将来死后的埋葬之处）驶进村子中心时，我不由激动起来。炎热的下午，村子里一片寂静，树叶成荫，听到南茜和马克·斯特雷奇（在那儿买了我的房子）在村里干得那么好我心里很激动。我梦想做的事情他们都做到了——他们用推土机把很大一片地里的大岩石推走，在那耕种出了菜园。

他们住那房子真是再合适不过了，真是上帝的赐福。我不准备再买房子，所以说这里某种程度上仍然是属于我的“家”。但我丝毫不后悔。当时我从来没有那样急迫地感到是该离开的时候了。早在三年以前，我对纳尔逊高涨的热情就已开始减退。斯特雷奇一家带来了青春和活力，把开创的精神带入村里，村里太需要这种精神了……他们是如此勤劳！温·弗伦奇告诉我马克帮他割草晾晒，干得很好；他还时不时地帮着送信。

到了玛丽妮娅那里才发现她就在那天早晨跌倒摔了臀部。救护车来之前，我在她身边待了半小时，握着她的手……后来那天晚上我打电话询问，说是她臀部骨折，要住院治疗几个星期。她脸色像大理石一样苍白，整个脸孔没有一点皱纹，非常安详，看得出她强忍着疼痛，把腿挪来挪去地想使自己尽量舒服点，一边还喃喃自语着。我想她认出了我，但我不能肯定。

7月22日，星期二

今天早晨醒来后空气终于变得清爽，经过连续几天的雾霭后，浅蓝缎子般柔和的大海明亮闪烁。园圃里出现了很糟糕的现象，为此我一夜没有睡好，反复思忖是否该用力彻底翻整一下还是不要……福禄考花成了那讨厌的洋红色。搬过来之前，我订购了福禄考花，让雷蒙德在那年秋季种下去——是淡粉、白色和深紫色的。我没有想到那里原有的成堆的福禄考花变回了洋红色，发现之后，我告诉雷蒙德应该把它们铲掉，但他认为我在瞎折腾，劝我不要去动它们。现在所有他帮我种下去的福禄考花都变了色！看到露台墙底下的狭长花坛成了这样心里真是难受。除了一年生植物及些许此一处彼一处开凿出的阴凉小花坛外，这露台墙底下的花坛是通常人们认为的唯一真正的“花园”。我想我得把这福禄考花全部铲掉，重新开始——两年的时间浪费了。

这些日子出乎意料地什么也没干成——鹿虻多得令人憎恨。自塔玛斯昨天回来后第一次带它到林子里散步，但散步时要不停地替它轰赶耳朵上、头上、鼻子上的鹿虻，真让人头疼。大约每走十步，它就要停下来等待我用一把蕨草给它轰赶鹿虻。之后，我到镇上想去买一台电扇放在书房里……昨天不小心笨拙地踩了电线，那台小电扇掉在地上摔坏了。莱斯温商场电扇卖光了，我只好空手而归。蚊子多得不得了，成群结队……五点钟时只好作罢，不能继续待在园子里再干下去了。何苦要强迫自己？

期盼着就寝时间来临，上床后好把韦恩写的《塞缪尔·约翰逊》结尾读完。纷乱的一天过后，这算得上是一种补偿。

7月27日，星期日

在读罗斯藤写的《我所熟悉、热爱或仰慕的人们》时，我不由得笑出了声，那一天D. D.因为顺便，不期而至，根本没有考虑到星期六是我难得独自清净的一天。罗斯藤说到巴贝奇，一位性格古怪的剑桥大学教授，此人发明了计算机："只要一听到有人在拨弄乐器或在街头演唱，他就会跑出房间，大有杀人之势地驱赶他们。任何人要是扰乱了他的内心、绝对安静的内心，他就会发疯。"（我在最后一句话底下画上了加重线）。这句话说得太对了！

大概是那糟糕地出现了返祖颜色的福禄考花迫使我摆脱了闷闷不乐。星期五我决定把那讨厌至极的洋红色福禄考花全部铲除，实在是出于无奈。这样，在窒息的大热天，我手持一把干草叉子干了起来。吃力地干了一小时（根须在岩石底下相互纠缠，又和后边的爬墙常春藤交错在一起），我刨出两大堆多年未动过的福禄考花，剩下的是雷蒙德种的，那些刨起来会容易得多。干到这时，花坛已经空出了不少地方，心里很是惬意，琢磨着下一步拿它做什么。第二天早上我又可以开始接着写罗莎琳德，大脑中出现的空白似乎消除了。写作中大脑出现的空白是作家所熟悉的常有的毛病；我很少出现这种情况，然而一旦出现，我就会坐立不安。

昨天和今天都凉爽怡人，夏季中最美好的天气……近来这样好的天气实在屈指可数！……大海深黑，波光粼粼，黄昏时颜色逐渐变为柔和的缎蓝，接着在夕阳的辉映下慢慢地转成粉红色，大海尽头的天空呈现出淡紫色。我像品尝醇酒一样享受着这一天，陶醉于黏湿闷热之后带来的怡人变化。

塔玛斯好了一点，但我明天还得带它去看兽医。昨晚它半夜把我弄醒要到外面去。它轻轻舔舐我的手直到我醒来，这种事几乎从未发生过，看来它是等不及要到外面去。三点半时那只猫进来，四点半时塔玛斯又想出去，然后六点时它在门外叫着要进来，这样折腾来折腾去，一夜没有睡好。

我得把这两段从昨天寄来的《听众》杂志（六月二十六日）中抄下来。

> 美国学校中的犯罪活动大约从八岁的孩子开始。去年，强奸案件有八千多起：其中受害者常常是年轻女教师；将近一万两千桩案件属持枪抢劫；有二十五万起偷盗案件及二十万起殴打教师学生的案件。吸毒酗酒、敲诈勒索、卖淫，在当今美国的学校里无处不在。近些年来，刀具、棍棒、手枪及短猎枪常常被带进学校，不是侵害他人就是出于自卫，送给教师苹果表示尊重的风尚早已被取代。
>
> 国会官方报告读起来像是一本骇人听闻的平装书。在纽约，一个十七岁的男孩头部遭手枪柄殴打，脊椎被刺；堪萨斯城的学校发生了十六起枪杀事件；在芝加哥，有位校长被杀，校方工作人员

有一人受伤；一个十六岁的男孩因赌博欠了五美分而被枪打死。在北卡罗来纳州，两个孩子以生命威胁另外两个小孩交出一千美元，这些孩子的年龄为九岁。另外在洛杉矶，有一百五十个校园帮派，最大的帮派名为“致残队”，名字的由来是他们决心要使他们的受害者受伤致残。而且还有女子帮派组织，叫作“致残姊妹队”以及八到十一岁的少年致残队。

据我了解，福特当局没有采取任何措施对内陆城市进行拯救，可想而知那些地方的情形变得越来越严重。我们在驯养着野兽，同时你也得承认，我们自己则是允许此类事情发生的野兽。居住在市郊的白人对此漠不关心，官方政府对此无动于衷，这种态度动摇了我们对未来的幻想。

8月3日，星期日（在绿岛）

今天是我母亲的生日。要是在两年以前，她的生日会在这里庆祝一番，可现在亲爱的安妮注意力已不在这方面，当我提及此事时，她很少或根本没有反应。现在认识及热爱我母亲的人已寥寥无几，安妮是我目前看望的这为数不多的人之一。今天早上我好像觉得遇到了第二次死亡——曾经那样热爱过的人此刻在安妮的意识中已不复存在。相比之下朱迪的意识要好多了。当她说“你那亲爱的母亲，我永远也不会忘记她”时，我知道她是有感觉的。

在这里时间过得并不容易。我们顶着大热天到了这里，昨天，我想大概是我在这里遇到过的最热的一天。我们游了两次泳。最后一次是在接近黄昏时，游完之后感觉舒服了一些，可翌日晌午前到林子里散步，起初还很愉快，但后来却又变得难以忍受。我们走过石楠树，穿过树林，到了开阔的田野里，田野里开满了大片大片灿烂的多毛金光菊，可炽热的太阳烤得人实在难受。到了下午，朱迪变得有些魂不守舍，近乎失常，不住地唠唠叨叨，不知在说些什么。最后，绝望中我建议她洗个温水澡，算是使她安定了下来。

今天比较凉爽，谢天谢地，凉爽且雾霭朦胧。

由于天气灼热，我比以往更意识到，当人上了年纪精力很有限，仅仅是生存而已。园圃需要每日浇灌，这压力在心里成了一种负担，而不是愉悦。现在我认识到我完全在做我母亲做过的事情——一时兴奋起来，订购花种子，却难得有精力去播种；开辟了新的花坛，照料却成了问题。心有余而力不足。

回想我母亲晚年时，她不得不自己做饭料理家务，十分艰难地处理日常生活，但她决意不让生活把自己压垮。然而在她生命的最后几年里，她像只被捕捉困在网里的野鸟，奋力挣扎、挣扎，有时只是凭借一种狂热的情感在驱使自己。又想到赛琳，她过去也曾雇过帮手，后来自己十分辛苦地做午饭，坚持种菜园，每年夏天装水果罐头，一直坚持到她七十多岁时。还有罗莎琳德，腿受关节炎影响走路有点跛，每天穿衣服都要费九牛二虎之力。在所有经历过的生活体验中，上了岁数是最需要付出勇气和胆量的，尤其是每当身处困境、无处求援时更是如此。昨天收到住在布鲁塞尔波琳的一封信。她很气馁，原因是她每天习惯到公园里散步，坐在某个固定的长椅上阅读一到两个小时，最近被一个唠唠叨叨的女人搞得无可奈何，这女人总也不让她有片刻安宁！我对此非常理解，这些不顺心的小事常常最为令人苦恼。

但至少安妮在这岛上周围有那么多善良和爱戴她的人，她的挣扎还不至于是那么痛苦或艰难。对此我很感激。她一生都在给予，替他人着想，就像一个小王国里受众人爱戴的女王。

8月11日，星期一

星期五我们一路驱车回来，天气凉爽怡人，最后一小时下起了瓢泼大雨。一场大雨后，园圃自然遭到了蹂躏。但眼下太需要雨水，我不能抱怨什么。只是今年夏天对我来说是一个倦怠失意的夏天。我很喜欢和朱迪在一起，可事实上所有的节假日我都在和一个身心分离的人一起度过，这种情形下，可以说不再有什么真正的感情交流，不可能再谈论什么书籍、花园，不论我心里在想什么，最后我所感到的不外是一片空虚茫然。

那天晚上吃晚饭前，我冒雨冲到外面狂喜地采摘花卉……绚丽多彩的鱼尾菊、矢车菊、烟草花（可爱的紫色、藕荷色及白色），些许尖尖的飞燕草，灰紫和深蓝的薰衣草，后者是雷蒙德在我生日那天送给我的。

翌日，菲利斯来接朱迪回去，他们走后，我立刻兴冲冲地四下忙活起来，想把还没有做的事情赶紧做完。桌上堆着东西！用棍子把园圃里所有的高梗花枝撑起来！买食品！整个星期六就忙活这些事情。

昨日感觉疲惫不堪，仅在上午写了几封短信——以前在星期天我至少要写二十封信。在过去晚饭后我会坐在桌前继续工作。不去管它了！我心里在想，今年我损失了不少，有那么多人不幸去世，这是一个过渡阶段，来年我会充满精力，开始新的旅程。我只能这样想。

8月13日，星期三

这一天总算完全属于我自己了！打了一小时字后，方才抬起头来，万籁寂静——没有一丝风，大海呈现出最为明丽的浅蓝色。捕虾船悄悄驶过，几乎不出一点声响。然后听到一声轻微的蟋蟀的唧唧声，一种夏末蕴含着秋意的声音。多么欣喜！

昨天在此开了两个会，为两个联合研究生院学生认证的碰头会，我是这两个攻读博士学位研究生的协助者——充实、丰富的一天。事过之后，我对这十二个人的到来赋予这幢房子的一切感到非常愉快。

8月14日，星期四

昨天成了我称之为“真正”的一天，我写得很顺利，整整三章，对朋友们高度浓缩的描写，这是我所能做的全部。下午，开辟出一块全新的花坛，那棵老苹果树砍倒之后，空出了这片地方。

昨天收到了一封住在新墨西哥州的半残疾的妇人的来信。她在《读者文摘》里读到了有关《独居日记》的片段……这是我第一次收到读者对我的《独居日记》的反馈，我很热切地想知道是否还有更多的反馈。她每月有一百零五美元的生活津贴。她告诉我她设法攒了些钱，想买一本她非常渴望得到的《独居日记》平装本，这引起了那位社会工作者的强烈不满，我简直不相信竟有这种事情！我听到过有许多人榨取社会福利，却很少听到过那些诚实地靠社会福利生活的人竟被剥夺尊严的事情，他们灵魂的食物被夺走了。感谢上帝，我可以送给她两本她希望得到的平装本，她那里只有精装的。我猜想她不至于因为家里有一本别人作为礼物送她的书而受责骂吧。

今天将会热得厉害，我想下午就不去园里干活了，而是给塔玛斯洗个澡，自它做过手术后，还没有洗过澡。洗过澡后，浑身湿淋淋的，它会觉得凉快舒服。它在脱毛（如果这个词用得对的话），每天给它梳理身上的毛时都要梳理出好大一堆底层绒毛。我真该用这些绒毛装一个枕头。

前日联合研究生院的会议——两场会议内容都极其有趣。但后两个小时的聚会我的心得更多一些。这两个小时里，我们所讨论的是有关从男女平等角度出发来看神话传说的一篇论文。我觉得凯伦写的东西很有创意。这当中我发现了某些用词方面的学问——她的一位导师对“女性”一词提出质问，认为是男人用词范畴里含有贬义的一个形容词（她认为是这样）。她偏向于用“女人”一词。但我们当中一些人认为这词用于所有场合中未免有点太过于强调性别。到后来始终也没找出一个能说明问题的合适的新词汇。

从微观上来说，这场讨论使我对最近几年来女权运动者所取得的成就有了很多了解。现在做女人有了自信；最重要的是在女人中出现了一种新的有价值的思想交流。我可以觉察到现在女人愿意相互帮助，那种旧有的妒忌心被一种相互安慰合作的意愿所代替。我年轻时，作为一个女诗人，不仅要对付男诗人和评论家的妒忌抨击，而且还要面对那些成名的女诗人对待同类所持的保留态度（甚至可以说是妒忌）。同样，在学术方面，涉及女人的用词非常苛刻，对女人的观念沿袭旧有的陈腐传统。所以，最大的挑战也许正是这“反神话学说”，正如凯伦所声称的那样作为一种起步，然后创建一种更为有价值的神话学术研究体系。最后，这些年轻女子为使生活圆满充实，决心生儿育女，同时也要献身于富有创新性的事业。我全身心地赞成拥护她们。但我对自己的坚定认识总是有不同意见，我认为，作为一个女人，要想过一个人应该拥有的圆满充实的生活，同时又要尽其才能地献身事业，几乎是不可能的。

8月16日，星期六

终于开始过上了我所认为的真正的生活了，今年夏天以来这还是第一次。也许纯粹是那天空气清透，还有昨天那蓝蓝的大海造就了这种奇迹。今早四点醒来，静静地躺在那里，把所有的事情都好好想了想，到六点时才起来。我所想到的事情之一是露易丝·斯诺写的《庄严地去世，当中国人来了》……一部描写埃德加·斯诺因患胰腺癌而去世的杰出文献。文献中讲到他的中国朋友，包括毛泽东、周恩来，想方设法地为斯诺治病。我们看到中国医院里的生活情形时非常感动，那里医生护士对人真诚地关心，并不是人病了，登记付钱看病就完事了。对斯诺的情况中国人无疑是仁至义尽，在斯诺去世前的最后几个星期里，毛泽东派了两位很有名望的治癌专家、四位护士及两位司机专程到瑞士陪同斯诺，千方百计地为他治疗。一个国家对真正的朋友能如此珍重是多么的罕见！

具有讽刺意味的是，尼克松对斯诺在那糟糕的年月里遭受迫害负有责任，他该给斯诺写一封温暖的信，在他荣耀出访中国之前。这荣耀散发着虚假的光辉，并非他赢得的，只不过是权宜之计。

这是几个月来第一次读到的令人振奋的书。看来，人在面临死亡，身患重病后，可以不必与世隔绝，不必让家人蒙在鼓里，使家人心中有一种压力。在中国，医生护士并肩合作（医生甚至帮护士整理床铺），每天都要坐下来开个会，让所有相关人员都参加，包括家属，讨论病情，商量用什么办法可以解除病痛。

我很感激玛丽·托泽送给我这本书，我现在就着手订购一些书，分送给认识的人。让好书广泛流传。

我六点钟起了床，穿上雨鞋，到园子里为杜鹃花丛彻底地浇了水，采了些花。一大早起来，晨光非常美好，我逍遥自在地干着活，怡然自得。摘了一束鲜花摆在屋里，有大波斯菊、飞燕草、金盏花、百日草，还有几株早开的紫菀。我扎了一小束放在厨房里，都是黄蓝色的花，其中有几枝中国勿忘我，还有矢车菊。昨天威思罗来清扫房间，地上凌乱的萎花谢瓣都被清扫干净了，所以房间里摆上些花很相衬。

我在床上吃早餐，满心欢喜地被心爱的伙伴们包围着，塔玛斯在床边很有耐心地等待着一片烤面包，布兰波在我脚底呼呼地出声。它夏天大部分时间都待在外面，在野地里寻寻觅觅，所以它偶尔回来探望一下很是难得。起来后，我把床罩被单换下，把该洗的放到洗衣机里泡洗。

所有这一切都是怀着愉快的心情做完的。然而不知怎么的，心头浮起一层阴云。也许某种程度上是那篇罗莎琳德的小传在心中已酝酿成熟。另外我觉得这本书作为一个整体轮廓开始显现出来。我迫不及待地想马上写一篇序言。

昨天收到一位年轻女子写的信，她过着独身生活，是某家电影公司有点声望的电影制片人。她想针对过着独居生活的人拍一部电影，计划下星期来和我见面谈谈她的想法。据我推测，她对独居生活有些犹疑不定。我对她讲独居生活不是年轻人可以做得到的（她今年三十三岁）。我自己到四十五岁时才开始过独居生活，在那之前，我有二十五年时间一直“过着”从某种意义上讲充满了热烈的友情和爱情的生活。我有那么多丰富的生活内涵去回味、去咀嚼，再说，那时我已知道自己是什么样的人，懂得如何去生活了。我们所爱的人铸造了我们自己。每天我都会突然意识到，很久以前——或者就在昨天——某人教我懂得了某种自我肯定、自我意识，这种感觉来自与我所爱的人之间的冲突，我是那样爱恋对方，尽量去和好妥协，尽管那样做是那么痛苦。

8月18日，星期一

失去了那么久的快乐又回到了身边，我半夜醒来，兴奋得睡不着觉，心里头装了那么多的事情。

昨天弗伦奇家来此吃午餐（第一次到这来），他们的来访几乎是尽善尽美。他们一大早就从纳尔逊出发，大约在十点半时到达。幸好我把一切都准备就绪了——龙虾沙拉，西红柿切好拌上法国沙拉酱，在煮鸡蛋的蛋白里填满蛋黄馅；餐桌布置得很可爱，中间摆着一束饱满的玫瑰花。弗伦奇家是塔玛斯的家人——它狂喜至极，快活地蹿来蹿去，绕着房间跑来跑去，还在地毯上滑动，只有当它看到某人高兴到极点时才会这样！温和多特给我带来一个大纸箱子，里面装着自己菜园里种的玉米棒、葫芦和黄瓜，凯茜和她丈夫麦克也来了，但巴德却没有来。真希望他下一次能来。他和凯茜是我认识的两个最可爱的孩子——凯茜从小就有责任心，细心地照料着她的羊羔和羊群（她在商业学校读书时还在照料这些羊群！）。巴德更是什么都不怕，对所有的动物都非常喜欢。

可天气不算太好——海水呈现出淡乳白色，在多云的天空下，显得异常平静。我们沿着草径直走到海边。温、塔玛斯、猫、麦克及凯茜跑得像山羊一样，我和多特从高处边走边望着他们。海水处于低潮，因此可以在礁石岩堆里寻找，麦克发现了螃蟹。

弗伦奇一家人对周围的一切表现出极为浓厚的兴趣，草地里的野花、光线的美好都会引起他们的注意。当人们对事物真正留心、喜欢观察时，你会为此感到非常惬意。

从海边回来后，我们在书房里喝些饮料，吃饭前坐在那里安静地天南海北地闲聊了一阵。温在纳尔逊是教堂司事，也做送信差事。听到他说我的墓穴已标有记号，心里很是安慰。将来有一天我要回到纳尔逊，在那里永久地安息。没有任何地方比纳尔逊更合适做我的归宿了。在那里我愿意紧挨着奎格，在那绚丽的大枫树底下永久地长眠。

我想按前后次序来记述这次来访，因为他们这次来访非常礼貌、得体，对我是一种生命的滋养。我准备的午餐格外受欢迎，一磅半的龙虾刚好够大家吃（花了十八美元！），又装了一小塑料袋让他们带回去给巴德尝尝；我还把我的

《诗选》让他们带回去送给纳尔逊图书馆。

午餐后我们坐在露台上喝咖啡，由于是阴天，坐在外面还可以，否则的话会热得受不了，要到下午四点左右有阴凉时才行。后来我带他们四处走走，到林子里散步，布兰波跟在后面，塔玛斯跑在前边。一个月以来这还是第一次外出散步，这之前鹿虻多得不得了。最后我把他们带到了楼上，目的是想让他们看看墙上挂板上贴的有关纳尔逊的照片，其中有一张是莫特·莫克拍的巴德和凯茜以及塔玛斯的狗妈妈的合照，凯茜怀里抱一只羊羔。这之后，他们就回去了，离开得实在太早。我返回到露台上，远远没有感觉到像往常招待朋友后常有的那种疲累，相反我却觉得得到了某种休息，很有精神。我走到底下园子里去瞧瞧那棵李子树，温注意到李子成熟了，虽说李子的颜色紫中透蓝，却还像石头一样硬。之后，我上楼用法语给波琳写了一封长信——都是有关那天的事情。这次我头脑颇为灵活，法语写得很流利。近来用法语写东西似乎感觉很费劲。

现在奎格利一家，贝弗莉·张伯伦和她母亲，海伦·米尔班克及弗伦奇一家都来此地探访过我了，我感到与纳尔逊之间的亲密纽带依然没有打破，更何况以后我可以不时地请他们，尤其是奎格一家和弗伦奇一家，来此地像度假似的开心。多么美好！

8月21日，星期四

在这样的季节里，心里总有一桩事情在催促，要赶紧把那些成熟的水果装罐储存起来。季节不等人，我得随时留意那些野苹果和李子，一旦成熟，马上采摘。那棵野苹果树缀满了红红的小果子，是所有树中最美丽的一棵。瞧上去颇有点神话故事的味道。

8月24日，星期日

昨天是我搬到此地两年多来第一次乘船出游。正是乘船出游的绝好天气，风和日丽，风不强不弱正合适。我这个旱鸭子，着迷于航海的学问以及船主与船之间那特定的关系，一旦投入进去，可真成了另外一个世界。是海蒂邀我去的，她四十多岁时开始航海出游，渐渐地由小船换成了现在这条精致的纵帆游艇，可以睡四个人，是鲍勃·里德造的，他住在肯纳邦克波特。船甲板由柚木做成，有遮篷，船身是阿拉斯加扁柏，我记得她是这样说的。船的名字叫皮克西，是条坚固平稳的好船，我在水上度过了美好的一天！非常放松，像是在度假，九点后回到家觉得好像外出了一个星期。

8月28日，星期四

昨天埃德和苏珊·肯尼夫妇来吃午饭。我一直在热切地期盼着他们，天气很热，但晴朗美好，由于湿度低，感觉很舒服，湛蓝的大海在迎接着他们。一见面我们就立刻投入有关伊丽莎白·鲍恩的话题中。埃德对伊丽莎白的创作写过一部很棒的专著。（在读《新共和》时发现了他对她的遗作《情景与对话》所做的评论，为此我给他写了封信表示感谢。）埃德和苏珊在海斯市见到了伊丽莎白，他们对她住的那幢很小的房子进行了一番描绘。第二次他们去看她时，她正卧病在床，在床上接待了他们，她让他们一岁的吉米躺在她身边，她那特有的使人一见如故的天赋使他们感到无拘无束。我不断地想象着那位行将去世的老妇人和那小家伙吉米躺在一起的情景。听埃德说她曾告诉他们希望听到我的音讯，只是没有写信而已，这使我感到安慰。我一直惦念，某种程度上这解释了她长期沉默的原因。

9月2日，星期二

整个周末事情排得满满的……今天无论如何不可能把所有的事情都做完。但有些事情今天上午我得想办法赶紧做……柔和灰色的早晨，很适合静静地思考。

星期五下午李来了，她精神饱满，非常兴奋，准备出去在附近寻找一所房子。那日下午我们看了三到四幢房子，有幢坐落在森林里的西班牙式的灰泥房子，外表阴森（我看得出她一见到这房子就像是见到了棺材一样），还有海伦·琼斯住过的，也是坐落在森林里的雅致的房子，靠近我这里——我看中了这幢房子，很希望她能买下。如果事情成了，将来有一位朋友住在附近，可真有说不出的好处。李在各方面都比我强。她不仅是一位出色的镶嵌艺术家，而且心灵手巧，喜欢修修补补，使不能用的东西再次具有使用价值，就像我不在时，她把那只布谷鸟钟修好了。有位伙伴一起玩该有多好！我独居生活中感到缺憾的事情之一是没有人可以陪我去看场电影，两年了我还未看过一场电影。

星期六早晨开车去康涅狄格与爱琳·摩根在一家汽车旅馆里见面，然后一起去看伊娃·列·高丽安演出的剧目《守梦人》，此剧曾在怀特·巴恩剧院草草试演了一场，她是那样渴望扮演剧中的角色。这过去十年来，由于缺少演出机会，她的天赋被埋没，人们为此替她惋惜。这实在是可悲，因为时间不等人。现在列·高丽安已七十六岁了，虽说看上去不像。她表演自如，对自己的能力充满信心，也许比以往更富有表现力；她炉火纯青的演技只用于创造一个辉煌的结尾。我多么希望演出获得成功！但观众反响并不怎么样。

这部戏的弊病在于由小说改成了剧本……剧作者芭芭拉·沃斯巴自己把小说改编为戏剧，也许毛病就出在这里。全剧主要以两个演员为中心，一位老妇和一个敏感的男孩，男孩在学校学习很糟糕，需要有“动力”。他们之间的联结过程构成了剧情的发展。遗憾的是，男孩，胖墩墩的帅气的小男孩，却表演得没有什么力度。结果剧本中原有的魅力没有展现出来。列·高丽安自己的表演无与伦比，从某些方面看角色也许过于与她自己相近，这使我想了很多。她卓越的表演像是由许多部分组成的万花筒，可以让人窥见从朱丽叶到疯女人绚烂多彩的众多人物性格。

我们到后台和列·高丽安待了一会，她对我说：“你的头发全白了！”我几乎忘记自从我的头发变白后她还没有见过我——这使我感到好笑，她过去总叫我“老太婆”，那时我十几岁，在市民仓库剧院做实习生，她演出化妆时，我常在她化妆室里待好长时间。现在我是一个名副其实的老太婆了！

第二天，我去乔伊·格林·斯威特家，要谈谈罗莎琳德。哦，那二十四个小时可真是丰富！我们长时间安静地谈着，然后与卧病在床的她丈夫戈登聊上几句，在剑桥处理罗莎琳德的房产时，他们过度劳累，那之后，戈登患了肺气肿。那天的晚餐给我留下深刻的印象——戈登钓的鳟鱼、新西兰菠菜（难以形容的美味可口）、从菜园里挖出的小土豆，以及接骨木果烤馅饼，是乔伊为纪念我们童年时在罗雷侯瑟林河谷度过的夏天而特意做的。房间里光线充足，安详宁静。从每个窗户朝外望去，看到的都是草坪和郁郁葱葱的树木，景致开阔。

小睡了一会后，我们出去在周围散步。四十年来，他们坚持不懈地在树林中开辟出几条宽阔的步道（在美国能舒适地连续地走几英里路实在是罕见！）。树林里有白橡树、枫树、铁杉和松树，松树下方四周有山茱萸和常青灌木。我一路走下去，心里充满了对树木崇高的赞美……我在想，如果没有树木，我又会怎样生活，想想它们是怎样给人们带来舒适愉悦感的，它们又是怎样用那美好、凉爽及坚定哺育、滋润着我们，事实上它们的生命力远远超出种树人，我很理解为什么老人喜欢栽树。

乔伊看上去要比我在罗莎琳德追悼会时见到的她年轻了十岁……当然，那时她的处境很糟，从加利福尼亚坐飞机飞回来，离开疾病缠身的戈登。她对我说："有许多事情是不会忘记的，其中一件深深触动我的是在我们这种年龄（她比我大十岁），一个人需要但常常缺少的是能'分享情感的伙伴'。"

回到家来，李和塔玛斯在热情地欢迎我……屋里到处是李采摘布置的鲜花，有许多小活计她都帮着做完了。坐下来后，我们谈起她中意的想买下的房子，以及将来的新生活。

9月6日，星期六

从何开始？每天我都在问自己。我慢悠悠地做着家务，努力至少是稳定有节奏地开始这一天。今天六点半起了床，秋天的光线柔和安宁，太阳穿过轻柔的云层和薄雾照耀着大地。我把床罩被单换下来，把该洗的集中到一起，然后下楼做早饭——熏咸肉和一些雷蒙德从他菜园里采摘给我的小西红柿，很精致的一顿早餐。（我母亲很喜欢吃这样的早餐，每当我做这样的早餐时，我总要想到她。）之后，我穿着睡衣，蹬上雨鞋，到园子里采摘几枝花充实了屋内已有的花束。那些我今年首次在一年生植物中播撒的轮锋菊以及羽扇豆花争奇斗艳地在绽开，有白的、紫的、淡紫的，看到这些，我满心的欢喜。昨天摘了两枝极为绚丽的蓝色羽扇豆花。眼下说不定哪天就会降霜，所有这些花卉转眼之间便会消失。

苏珊·加勒特昨天打电话来问我是否有兴趣下午去看几处花园，三点半时我们和两位年轻女子一起去了，出于善意，两位女子特意为我做此安排，皆因她们很喜欢我的作品。这是一次极为开心的赏园之旅，我们观赏了三个花园，风格迥然不同。在基利里波特赏园时，豪尔斯夫人送给我们两株夜晚开花的仙人掌带回家观赏（它们在九点时果然准时开了——令人伤感的昙花一现，花开花落太匆匆）。我很喜欢这些花园和那些建造这些花园的快乐的女人，但令我恼火的是那些自以为是的园艺俱乐部的成员们。我也许是比较过时，或者说纯粹是一个老古董，我实在是不喜欢精心“装点”的东西，那些人常别出心裁地搞点什么名堂出来（用一些稀奇古怪的叶子或莴笋叶、洋白菜叶什么的做点缀，使之看上去“有趣”），取代了那些传统的给人以朴实美感的簇簇鲜花，而那正是我所喜爱的。高兴的是我所看到的没有一处像我自己这里天然、不拘一格、夹有杂草的园圃，没有一处种有我自己园圃中那么多种类不同的一年生植物。

今天年轻的查尔斯·巴伯从俄亥俄州来看我，和我一起吃午饭。他去英国求学路过这里。我一直在盼望着他的来访，好让他看看我的栖息之所，上次我外出去俄亥俄州卫斯里安时，是在一所古怪的房子（尽管很可爱）里和他见的面。

近来生活中发生的事也就是这些。可我在内心深处对我们内陆城市死气沉沉的精神状态有一种极度的苦恼和忧虑。我非常感激乔舒亚·雷斯内克有这么一段动人的报道。他是来自林恩市的一位体育新闻记者，在昨天的《纽约时报》专栏里，他对驱车经过布鲁克林区时看到的极为糟糕的现象是这样描述的：

> 我们驶过一排排破烂不堪的公寓住宅，穿过一条条满是破败的建筑的街道。看到的是一张张黑人面孔，脸上没有丝毫笑容，所到之处都是一模一样的。最引人注目的是人们面部表情的冷漠无情和一

个身陷困境已经放弃了的人才有的麻木不仁的呆滞目光。

接着他又说道：

在布鲁克林区看到黑人们生活在水深火热之中。我们现有的体制使第一代移民得到了住宿供给，第二代移民在过去五十年里受到了同化，今日就平等问题，这体制却未能有一个健全合理的分配政策。

这一地区从思想精神上，或者说从灵魂深处看不到什么平等。人们对任何事情没有什么满足感。对出生，对活着，对死亡。

9月12日，星期五

查尔斯·巴伯来时抱着一个大纸袋，里面装着一个西瓜——是他住在韦斯顿的祖父园子里种的，一个西葫芦，些许桃子和梨，他刚从汽车上下来，皮肤晒得黑黑的，看上去气色很好。整个一天我们都在畅所欲言，之后，我开车送他到朴茨茅斯汽车站上车，现在他正在去英国的途中。身边发生了那么多的不幸和不顺心的事，能和一个行将踏上远大征途、兴高采烈的人在一起畅谈，很是愉快……说来也真是一个奇迹，他竟然能找到去英国大学就读的机会。

瞧着他那可爱、未成形的面孔，那张面孔是那么年轻（他才十九岁），我在想，生活将会怎样雕磨这张面孔。眼下他是那样坦率真诚，纯洁可爱，沉思还未在那平滑的脸上写下任何痕迹，唇角也还没有显示出任何痛苦的勾勒。我只有祈祷他这一年一切顺利。这个夏天他做水上救生员工作，攒了买机票的钱，对大多数人如何生活很有体会。人们取笑他竟然在游泳池里看书！

明丽的秋天来到了，大海湛蓝无比（晚间几乎成了紫色），空气醇香醉人。有一天我在露台上坐了有一小时，体验着安宁静谧，观望空中偶然飞过的黑脉金斑大蝴蝶，瞧着小鸟飞向鸟食槽啄晚餐。沼泽地里，此一处彼一处的枫树正在变颜色，这些微妙的变化使得树林罩上了鲜艳的色彩，一片片树叶，东一处西一处鲜亮明丽，羊齿类植物开始变成淡白色，蓝莓灌木丛叶子已转成艳丽的红色。金针花仍然四处可见，紫菀花开始绽放。

使我感到羞愧的是，面对这绚烂的景色，菜园里杂草丛生。我在认真考虑要在菜地里使用厚实的护根肥料——八英寸深的沤腐干草，这样除了需要长的植物外，其他杂物都不得滋生。花园也凌乱不堪，但我并不怎么在乎，只要园子里鲜花盛开、五彩缤纷就行了。大波斯菊及金盏花持续地开了又开。

9月16日，星期二

早晨六点时被一阵轻轻的叫声惊醒，我想定是一只猫头鹰飞过时发出的叫声。那叫声不同于其他鸟叫声。起来后意识到这一天晴朗明丽，心情很美妙，可以悠闲自在地按自己的节奏处理事情。这日下午，我打算把西红柿装罐——瞧着厨房台面上扁篮子里昨日摘下的一大堆丰满的西红柿，我实在是不能再等了；我到莱斯文斯买了一个电炉座，然后决定用煮龙虾的锅来煮。我以前从未这样做过，所以这也是一次大胆尝试。

安妮和芭芭拉来吃晚饭——是一次大重逢，有两个月了我们没有见面，有那么多要讲述，要聆听，要告知，时间简直是在飞。晚餐吃的是牛排，还有我早在星期天就准备好的普罗旺斯杂烩，蘑菇(昨天带着塔玛斯出去散步回来时发现了两个硕大的蘑菇)、小土豆，以及我有心想尝尝的美国酒——大西部的谢乐瓦酒。跟法国酒相比，这酒喝起来有些淡，却回味绵长。

不用说，我们首先到花园走走。安妮每次来我这里都会注意到新的变化。好在龙胆花在一处角落里仍然开得娇艳，角落里还有一丛石楠灌木和一丛欧石楠，欧石楠不久会变成藕荷色。雷蒙德在苹果园附近发现了一株还没有开的龙胆，我们特意过去看看——令人惊叹不已！玛丽-莉身着一件橘黄色夹克开着她的割草机慢慢挪动过来，她在试开割草机。坐在割草机上，橘黄色是那样醒目，显得格外艳丽，富有点缀效果。

然而最愉快的是进屋后，我们在廊室窗前伫立了几分钟，观看小鸟围着鸟食槽啄食——一阵阵扑腾，翅膀飞来飞去，这些日子竟然有那么多的鸟！我们瞧见的有一对胸脯红白相间的五十雀，山雀、家雀、金翅雀，地上的一只红眼雀，栖在樱桃树上的画眉，一只绿鹃以及一只迁移中的黄绿色刺嘴莺，当然还有些松鸦。今早我还瞥见松树间一只玫瑰红胸脯的幼小松雀，试图鼓起勇气加入围着鸟食槽的百鸟行列。

晚饭后我们坐在壁炉边谈起安妮想买的那处农田。安妮希望等孩子们离家后，两年内把它买下来。如果他们能住在附近，那该多么好！他们来时带来了土豆（今年四处收成欠佳，这些土豆成了稀有珍品），回去时他们带走了两株我在灯光下培育的瓜叶菊。瓜叶菊叶子大而厚实，非常饱满。但我预计还得再有两个月才能开出花朵。

9月27日，星期六

看来的确是有些命中注定——小妖在作怪？复仇的疯狂？——不论什么时候，只要我一开始朗读诗歌，这妖魔就出现了。四月时到了路易丝顿市，在贝兹朗读诗歌，遇上了一场暴风雪，地上覆盖着有两英尺厚未铲过的雪，能见度等于零。七月下旬时在奥甘奎特市朗读，天热得几乎跟缅因史上曾有过的、导致上百万只家禽死去的那天一样；眼下外出刚走了五天，这五天内狂风暴雨，先是在纽约康奈尔大学，然后是马萨皮夸、长岛——昨日惶恐而归，原因是飞机不得不返回哈特福德，把我们扔在那里。在那等了好久，不见行李运回，我们乘汽车到了波士顿。时值大雨倾盆而下，霎时间电闪雷鸣，有那么片刻工夫，我以为是有人扔了一颗炸弹！我不得不承认，躺在床上，半夜从托盘上端起一杯可可，塔玛斯卧在身边，简直是生活在天堂！

行李今天运至机场，送到了家中，这总算让我觉得能安定下来了。

9月29日，星期一

太阳的恩赐！天空终于变得明丽蔚蓝！

我才离开了不几天，回到家来，周围迷人的景象竟然使我心醉神驰。昨日取报纸时看到就在门外，一只蜂鸟静静地伫立在一颗铁线莲种子上——很少见到这类总在急速飞翔的小鸟静静地伫立——翅膀敛到了背后。它发出了一声奇特的声音，滴——滴——滴——滴。它是否认为那闪亮的螺纹种子是一朵花？听上去它显得很不耐烦。黑脉金斑大蝴蝶成群地簇拥着英国紫菀花，橘黄色及黑色点缀在紫色花卉上，那景象很华丽。几株秋天的番红花此一处彼一处地开着。

回来后在堆起的杂志中发现《听众》杂志中有一篇对伍尔夫书信出色的评论，是玛格丽特·德雷伯尔写的。我把它抄下来，目的是把她提到的人们对弗吉尼亚·伍尔夫态度开始转变的事实记载下来。(《刚毅不屈的弗吉尼亚·伍尔夫》，《听众》，九月十八日)：

> 那些坚定不移、彻底捍卫布卢姆斯伯里文化圈的人对劳伦斯及利维斯进行反击，谴责他们对布卢姆斯伯里文化圈的攻击是出于艳羡：艳羡那令人陶醉的文化、那密切的社交以及那些小小的私下收入。在我自己而言，我承认我有艳羡的罪

过。阅读弗吉尼亚·伍尔夫的书信令我颇为感动，最令人感动的是从书信中可以窥见那个文化圈子，尽管其中涉及死亡、疯狂与自杀，但它确实令人向往。这样一类相互忠诚的朋友，如此相爱，倾心交流，结伴旅行，那么善良仁慈。谁又能不羡慕他们之间的团结？……大多数作家独来独往，不愿进入圈子，但他们当中许多人不可能不受到那个金色时代独有的文化圈的感染。布卢姆斯伯里文化圈给人如此感人的印象，使圈外人黯然、愠怒、妒忌、懊悔，谁会说呢？

玛格丽特·德雷伯尔接着提到了弗吉尼亚·伍尔夫的勇气和精力。早就有人应该这样做了！噢，就在一九四〇年前的几年里，我有幸感受了一下那文化圈子的魅力，我真幸运！我想，那魅力让人滋生了一种永恒的留恋。在美国这里，我从未有过那种体验。这里作家之间勾心斗角，充满妒忌，甚至有时和一些诗人讨论诗歌后，诸如和埃伯哈特、威尔伯、斯阿迪、霍姆斯，回到家里我总是心力交瘁、痛苦不堪。

我发现一个人记日记几乎很难追溯刚刚发生过的事情。我想记日记的本质是及时记下正在发生的事情——等到你过后有了一点时间，回头想把事情记下来时，已经又有那么多的事情发生了——例如看到一只小鸟，读到对伍尔夫信件的评论——你对不久前发生的事情已没有兴致了。

到达伊萨卡的第一天很幸运，至少有那么一两道曙光，丽塔·格拉克带我去离市区不远的峡谷走走（是恩菲尔德峡谷）。这些峡谷很深，河水从磨损的石崖上流泻下来……这也是峡谷看上去那么美丽诱人的部分原因。这让我想到了普桑，因悬崖瞧上去颇有建筑特色，宽阔的“台阶”突出，有时可以清楚地看到匀称整齐的崖石边缘。峡谷水流湍急，从一个瀑布跃至另一个瀑布。我抬头朝那深黑的悬崖壁望去，一棵枫树依崖而立，灿烂金黄，在它附近，崖层裂缝里长着优雅的蓝玲花和青苔。真像是在梦中，各种不同的瀑布顺着陡峭岩石流泻下来，流至岩石板边缘，然后变成宽阔的瀑布飞流而下。

亨利·格拉克以人文协会的名义亲切地为我举行了一次晚宴招待。这些日子我实在很少赴晚宴（实际上，我什么时候曾属于过社会的一部分？），晚宴意想不到的愉悦，尤其是我坐在诗人阿门斯的旁边，和他一接触，顿时觉得无拘无束。他已步入中年，有着沙色的头发，很腼腆。去年他荣获了各种奖项，眼下正从那股热浪中冷静下来——此刻他觉得作品获奖后出现的喧闹已过，人们不再听他说什么了，听他这么说，我觉得挺逗。艾丽森·卢里隔着两个人坐在我的左边。我很难有什么机会和她交谈。她看上去像个温柔敏感的女巫。晚宴很迷人，这一方面来自晚宴大厅本身，大厅天花板上绘制了很有浪漫味道的饰带，庄重的场景，精致考究的晚餐，第一道菜上的是（很好奇）山莓。这之前，我和詹姆斯·麦康基以及年轻的麦克尔在一起吃过午饭……此刻詹姆斯远远地坐在桌子的另一端，我感到被剥夺了什么。不管怎样，只此一次社交之后，回来躺在床上，没有感到什么懊悔不安。往往在这种场合，我常常不是显得热情过头，就是言辞不慎，要不就是恼怒生气，事过之后又懊悔自责。

与这一切相比，最好不过的是第二天在纽约长岛马萨皮夸图书馆地下室里朗读诗歌……那些听众们真让人高兴！我的确很喜欢朗读诗歌。就像是在听音乐一样……你可以听到它在你的大脑里回荡，但它与音乐演奏又不同，诗歌只有大声地朗读出来才富有生命与气息。

我在卡罗尔和吉姆·海尔布伦家住了一宿，他们住的是一所宽敞的旧公寓，坐落在纽约中央公园西部。他们住在二楼，正好望着树梢，那景色可真是浪漫！我们坐在那里畅谈着，我感到格外幸福和谐……不时地瞥一瞥墙上挂着的邓肯·格兰特的自画像，以及壁炉台上的凡妮莎·贝尔的自画像。看到他们的肖像很令人动心（贝尔的画我以前没有见过，是近来才有的）。我把手稿其中的五章给卡罗尔留下……据她说她已把鲍恩的部分读了，认为很好，我心里很高兴。我并不总同意她的看法，然而她的评价实在对我很重要。又有谁能比她的文采更让我信服？

10月7日，星期二

日记间断了好长一段时间，这是因为这些日子实在太美好，在养花种园（前日种下了五十株郁金香）和设法抓紧时间完成那本书这两件事情之间日程排得满满的。这星期我一直在改写十年前开始的描写我母亲的那部分。昨日在寻找一封对我写作有帮助的信时，无意中发现了一九二〇年在佩玛奎德岬角拍摄的我的照片。那时我八岁，赤脚站在一块岩石上，站得很直，庄严肃穆，嘴巴大张着，显然我在放声歌唱。照片背面，我母亲用法语写着："这是她第一次到海边（一九一六年[1]），她忘乎所以地手舞足蹈，高声呐喊，像是一个疯女孩。大海使她心醉神迷。"对此我一点都不记得了；我对那年夏天在佩玛奎德岬角的记忆是树林阴森，蘑菇遍地，每天走很长的路去打水，我母亲精神忧郁。我还记得看到浪花拍打岩石的恐怖情景，因为一个女人在那被淹死了，浪花把她卷到了一个漩涡里，然后不停地拍击她。那地方可真使我害怕。所以看到这张完全不同的照片觉得很奇怪，它使我为之动心。显然大海会给人很强烈的情感。如此看来，我想象中大海可能是我最终的灵感，会使我诗情满腹，这想象看来绝非是什么狂想。

这张照片也使我又一次认识到，自开始创作《世界之

1　此处时间与上文不一至。

光》起，人的记忆是多么微妙。对同一件事情，人的看法竟是那么不同，甚至经历者本人对同一件事不同时期也有不同的认识。昨日下午两点，经过一上午煞费苦心的创作，正想在大卫·米肖来之前安静地休息一下，大卫三点钟来做短暂探访，这时前门门铃响了。我起了床，蹒跚着下了楼，脚上只穿着袜子，心想一定是送包裹的人。结果并不是送包裹的，一位文雅的中年女子站在门前，说道："我从拉霍亚来，心中非常仰慕你，禁不住想来拜访，等等。"我很愠怒，冷冷地说道："请给我几分钟让我把鞋穿上……我在休息。"也不知为什么我那么恼怒烦躁，迄今为止，还没有一个人未经预先告知而前来敲门的，我希望这种事以后再不要发生了。我掩饰不住心中的怒气，对她和她女儿说(她敲门时，她女儿在车里等她，然后她把她领过来)，我感到她们是不速之客，难道她们也这样预先未打招呼去敲安妮·林德伯格的门吗？"我想我应该写张条子问一下的，"中年女子说道，"可我们正路过此地，时间来不及了。"整个夏天，我都在不停地被前来见我的人纠缠着，这些人路过此地，顺他们的便非得来见见我，其结果是弄得我几乎不能写作。我想这大概就是我为什么恼怒不堪的原因。最近几天来我已经或者说感到又开始过着"自己真正的生活"了……秋色迷人，海水湛蓝，时间属于我自己……这一切都被昨天从"波特洛克来的人"揉碎了。

睡眠很糟，一晚上满脑子里尽是梦见船只遇难，海上残骸货物漂流。有那么一会儿，我清晰地看到了罗莎琳德，她仍然那样生动。显然在大卫离开后，我疲倦极了……我所能做的就是采几枝花（眼下随时都会有霜冻降临）。

我并非是一整天都在写作，写作本身需要空间。匆忙慌乱会扰乱我记忆深潭的平静，我需要在这深潭里整理出我要描写的我母亲的东西。这段时间很不容易，因为写她仍然很难，这使我觉得异常脆弱，无处可逃。

10月7日，星期二晚上

天色美妙……此刻大海呈现出完美的安吉利科蓝，无风，夕阳的余晖触摸着田野的尽头。出奇地寂静，除了远处传来一只松鸦的鸣叫声。

我详详细细地把发生了的事情记下来，因为这一天实在是太美好。首先是我把对母亲的描述完成了。带着塔玛斯散步时碰上了玛丽-莉和贝弗莉在树林深处的地里割草……贝弗莉指给我看一只老大的猫头鹰，它蹲在一截干树枝上，朝下望着我们。这猫头鹰大张着眼睛——大白天里，猫头鹰黢黑的眼睛盯着我们显得有些不平常……然后，使我紧张不安的是它的目光又投向了布兰波！（布兰波没有注意到头上有这么一个可怕的家伙！）我们即刻逃离了，谢天谢地，布兰波此刻安然无恙地待在家里。记得以前见过一次猫头鹰，没怎么看清楚，但意识到树林上方那默默无声的大翅膀在飞来飞去。我一直梦想能在此地看到猫头鹰。我想这是只横斑林鸮。

有人订购了花，寄过来了——十枝樱草花，三枝牛眼菊，三枝琉璃菊以及六小枝蓝色的风铃草。这些花经过旅途跋涉，瞧上去有些萎靡不振，我把它们全拿进屋里，用塑料罐子把樱草花盖了起来，据说今晚有霜。心里盘算着要把园子里最后开的花采进来，以备万一，我这么做了，而且（异想天开）还打算把那些青绿色樱桃番茄摘下做成酱……有好几十个，我摘了四杯，方才准备停当，煮之前我先放入一层柠檬、桂皮、生姜，混合了两杯糖，接下来就是煮了。明天我要启程外出。

10月8日，星期三

我的确曾有过一个很美妙的“假日”，但那似乎还是在一个月以前……靠近山峦时，越过温尼珀索基湖望去，山峦呈现出紫色，非常美丽，所有往日对新罕布什尔的爱又滋生出来了。我总忘记秋天里山毛榉的叶子是那么艳丽……我倒是记着火红的枫树叶在呐喊，可却很少想起那中国黄及鲜绿色，然后转变为金铜色的山毛榉。再次见到赫尔达·莎珀非常高兴……她安详、沉静、愉快，我们之间没有任何情感上的不安。与这样的人在一起，我觉得自己也变得成熟明智、处事自如、从容自在。

然而那假日之后，那个星期其余的日子简直糟糕透了，我真想把它忘掉。我本应该在很早以前就认识到——在纳尔逊时我原以为我学会了——人们一定要见见我，因为他们说他们热爱我的作品，其实他们真正的目的是要谈他们自己。他们从不观赏花卉，甚至也不看海……他们离去后，我被搞得心烦意乱，精神集中不起来。随之而来的又是那么多的悔恨内疚，觉得自己心胸狭窄。真是够了！

周末去把朱迪接过来住，希望天气能晴朗起来，可星期六和星期日两天都在下雨……经历了不愉快的一周后，和她在一起是一种安慰。她来时看到花卉喜出望外，连连赞叹它们的美艳。阳光下，一棵姣好的树木明丽夺目，亭亭玉立，她说道："我真想大声呼喊！"尽管她心神迷惘，我们在一起还是那样幸福！

玛丽-莉和贝弗莉这星期外出到别处去了。真奇怪，她们不在这儿，此地显得出奇地寂静。在这硕大的天空、大海及树木包围中，我只身一人……起初，我有点害怕，原因是如果我被人袭击，没有人会听到我的尖叫或呼唤。但后来，就像我此刻一样，尽管感觉周围在窥视我，我也在谨慎地留意着周围，我进入了一种浑然不觉的境界。

10月16日，星期四

被那本书搞得苦恼不安，十分疲倦，觉得这大好的秋光被浪费掉了，皆因为不能全身心地去享受它。唯一能做的就是一天一天写下去，尽量集中精力地写一页，写一段，写好一点。

我一直有意把夏洛特·左罗托夫有一天在信中说的话记下来。我们在纽约见面时我提到将来有一天我想为独居的人写一本食谱。她说道："生活的诗歌，尤其是独居生活的诗歌就是在厨房里创作出来的。"昨天我第二次切那些青绿色樱桃番茄做酱时想到了此事（第一次由于我急赶着做，做得太稀）。我朝下望去，雷蒙德在远处铲除矮灌木丛，把刚种下去的山茱萸整理成形（花看上去很美观，花叶子映着余晖！）。做着这些家务活使我感到安宁，切菜，找出桂皮、生姜，闻着厨房里烹调的香气，朝外望望秋天的树林。正像夏洛蒂说的，充满了诗情画意。也许诗歌来自安静地做些什么事情，这些事情不含有搞创作时的那种剧烈的情感及紧张感。我常常因为不得不做晚饭而感到倦怠，尤其是那些日子在园圃里做完高强度的活计后，感觉更是如此。然而像往常一样，只要我一开始做饭，立刻觉得身心平静下来，感到愉悦幸福。

10月22日，星期三

奇怪得很，到现在还没有降霜！昨晚我又多采摘了一些硕大的粉色的大丽花，三枝羽扇豆花以及一些轮锋菊和金盏草……这样屋里依旧有一束束鲜花。这之前我在园子里种下了二百多个小球茎。那时天气真热，灌木丛底下的蚊子不停地叮咬着我。

这些日子压力越来越大，像往常一样，每当我要集中精力写作时，各类事情就陆续找上门来——这星期是有人推荐我读两摞手稿，出于种种原因，我必须要仔细阅读并写评论。结果我觉得很倒胃口，精神上受不了。我几乎愿付出一切，如果我可以在三个星期内不必对任何人或任何事情做任何答复——简直在做梦！

山毛榉树叶子依然色彩斑斓，在一百多码左右的道路上方搭成一个拱形。每天带塔玛斯出去时我总期盼着走到那里。由于下雨，小河池塘里涨满了水，眼下的景致美得惊人，黑亮的水面上漂浮着明丽的树叶，昨日蓝天终于倒映在了河面上。

日记看来得拖一拖，要等到我过了这段时间才能继续。

10月27日，星期一

美好的天气持续着，仍然不见严霜。去达特茅斯朗读诗歌，走了两天两夜，昨日下午回来，及时把秋季里最后的花卉采摘了些弄到屋里……非常愉悦！这日无风，大海熠熠闪烁，明亮得耀人眼目，让人看不见海的蓝色。

在达特茅斯，一切进行得很顺利，诺埃尔·佩林依旧是那样怪得有魅力，像我以前在雅多见到他时一样，尽管如此，我原来对学术界气氛的一种畏惧心理又出现了；置身学术界要担很大的风险，我想一个有成就的教授大概也一定要是一个表演者。高等院校是一个封闭的世界，豢养着一些妄自尊大、目中无人的人。感谢上帝，诺埃尔可绝不是那种人。翌日，他、埃德·肯尼和我沿着田间陡坡沉静地散着步，时而停下来和地里的牛群唠叨几句，然后又沿着古老磨坊的引水槽走下去，因前一天下了场暴雨，河水翻滚不停。

开车回来时，顺便看望了一下沃纳家（心灵像得到滋补一样温暖），接着又去洛特·雅各布家，在那儿吃了午饭。周末最好不过的就是吃一盘沙拉——碎小的深绿色生菜叶子，上面撒着鲜艳的橘黄金莲花，两朵金盏花，吃起来跟它瞧上去一样美味可口。洛特刚从费城她的摄影展回来，可以想见她一直很疲劳，但我们像往常一样美好地畅谈了起来。她总是设法让我感到和谐舒适。

我心急如焚地惦记着那本书，一定得赶紧写下去。写书后的奖赏是今天下午种些百合花球茎。

10月30日，星期四

灿烂绚丽的日子过去了……这些日子一直是那样怡人。我几乎忘了树叶落光后一切竟是这么美丽。辽阔宽广的大海，从我的床上甚至可以看到远远的波涛撞碎在岩石上。太阳慢慢地向南边移动，很快就会升起照射在我的三间卧室里。那棵枫树几乎脱光了它最后一片叶子，大树底下周围覆盖着一层有好几码远的鲜红叶子。一年生的菜地里，我在做着一项艰巨的工作，设法把所有的马唐草及毛线稷草拔出来，然后把干草垫下去当长久护根养料。拔那些长长的根须，清理地面，觉得蛮有意思。

今早听到两声雷鸣般的枪响——有人射中了一只雉鸡或是野鸭。没有一次听到枪响后我的心情不会变得阴沉，所有的欢乐顿时消失了。明天打鹿的季节又要开始。幸好天不到五点就黑了！晚上不用再担心听到树林里恐怖的枪声了。

我疲惫得要死，昨晚累得连晚饭也没有做，只吃了个罐头汤面。这倒也省事。我决定听从卡罗尔·海尔布伦的建议，略去罗莎琳德那部分不写，我想这样整部书的工作量就会减轻一些。

11月13日，星期四

昨天摘了几枝金盏花，一小枝蓝色的樱草花，些许矢车菊——这些是花园里最后剩下的花了。不记得有哪年秋天霜降推迟了这么长时间，眼下我们正面临着霜降。从某种程度上说，我很高兴终于降霜了，否则我担心郁金香球茎会错以为这是春季呢。

这些日子囚禁在医院里，担心患了癌症。在医院住了三天，进行活组织检查，昨天又回到了家中，据说一切还好。经检查发现小肿瘤只不过是基底细胞癌，它不会扩散。这三天待在医院里，内心为与安妮·伍德森之间发生的一场误解感到格外难受，整个住院期间我的心神并不在医院里，对他们给我做了些什么检查几乎没有去留意。我坚持要他们给我做脊椎麻醉，这样我头脑可以保持清醒，结果很好。没有像上次扁桃腺被摘除时打了麻药后那种晕晕乎乎的感觉。现在我可以把那本书写完了。只剩下序言还没有写。

我对人与人之间不同的脾气性格想过很多。我性子急，常以争吵的形式解决问题。对所有的事情我处理起来节奏很快。一大早起来，开足马力工作，然后晚上八点钟垮下来。安妮却慢条斯理，内心生气，外表显得很镇静。她的沉默对我的惩罚可以说不亚于我的发作对她的惩罚。我们之间的误解变得越来越深，原因是我不断发脾气，用话刺激她，我越是这样，她越是沉默不语。在这种情况下，不存在什么谁对谁错。双方都受到了伤害。安妮每天起得晚，睡得也晚，诸如此类的事情，等等。好像我们的轨迹不同。这样的误解在我们之间已持续了好长时间，到头来，把事情说出来会使我们的关系比以往任何时候都好一些。我想没有痛苦就不会有什么进步。

在医院时我当然也想到了其他方面。我知道自己对死亡没有什么恐惧，但我感到不安的是我身后留下的乱七八糟的事情，那些不得不来此料理后事的人竟然要处理那么多的事情。我对自己说："我可不能死，留下这一切让别人去照管！"

回来后真是好极了，又看到了闪闪发亮的湛蓝海水，树叶眼下都落光了，大海的广阔弧面一览无余。

11月21日，星期五

昨天写完了序言，把稿子寄了出去。这个星期的头几天，经过几番校改，突然间我对这本书充满了希望与信心。也许这本书足够好了。有那么几个星期我一直为此书忧心忡忡，以致情绪变得低落，感到软弱无力。

昨天和前天的新闻报道了联邦调查局对马丁·路德·金连续七年的迫害的消息，这使我很气愤。我们生活在一个污秽的世界中，想改变这个世界，个人的力量显得越来越无力。在我疲劳时，这一切使得我有些承受不了，像沉沉的迷雾压在心头，经久不散。自然，前几天弗朗哥的去世使我想到了理想主义，想到了三十六年前世界各地的青年集会支持西班牙共和国，那场面真是鼓舞人心——那是很久很久以前的事了。那时还有希望，现在连希望都没了。那时，在纳粹集中营之前，我们仍然相信人类有着善良之心。如今的世界，人显得越来越残酷无情，屠杀生命，屠杀动物——捕杀鲸鱼，谋害自己的同胞——带来死亡的人。现在不论做什么，我有一种感觉，就是根基不存在了。我们相信什么？又有什么可以使我们相信？我们立于什么基础之上？生存在这个世界上，一定有某种东西比我们自身的存在更伟大——这伟大赋予我们一种使命感，我们自身的生存与整个世界息息相关，我们每个人的所作所为直接影响到整个人类。我们要活得有意义。

12月10日，星期三

事情真多！去明尼苏达走了一趟，回来后感恩节前朱迪来住了几天，现在又全身心地投入到圣诞节前的忙碌中……整整一个礼拜每天下午我都在烤甜点。

我得把这段诗记下来，要不就忘记了。此诗来自詹维勒姆·范·德·维特林的《瞥见虚无》(霍顿·米夫林，1975年)：

你遇见了某人。
又有另外一人。
又遇见了另外一人。
你彬彬有礼。他人也有礼彬彬。
你们各自咬了一点对方。
他离去后你多少受点损伤。
你又该怎么办？
要弥补创伤回归以前的自己？
抑或是继续现在的自己？
虽受损伤，但觉更轻盈！

最近我接待了几个人——由于我那本书的关系我延迟了他们的来访时间。他们一直颇有兴致，我却越来越觉得勉强，客人走后，我感到很空虚。我渴望能隐退一段时间，为我自己，也为了我的诗歌创作。我期盼着开车到北帕森斯费尔德去看看安妮和芭芭拉买的农庄，她们两年后要搬过去——到那里悠闲地走走，看看树，看看那些旧旧的小房子。很长时间以来我一直觉得新英格兰最吸引人的、最能牵动人心的就是那乡村田野中贫穷的尊严。

在威尔斯看到一幢房子的时候，我对此感受很深……那大概正是李在寻找的那所房子。看到房子时，我内心涌现出一种对“甜蜜独特的乡村风光”的深沉留恋，对纳尔逊顿时充满了怀旧之情。这梅里费尔德周边的地方是我所见过的最美的地方之一，开阔起伏的田野，一处处茂密的树林，白松树，房子周围有古老高大的枫树、白蜡树，还有一棵美好的榆树。周围景致开阔又变化多端，翻过一座小土坡，突然出现了一个小深水池塘，陡坡筑成的坝堰，周围松树环绕，给人一种神秘的感觉——房产经纪人告诉我是一个鳟鱼塘。房子不如我在纳尔逊的房子美观，但井然有序——可以当即搬进去！然而那时李正处于极度疼痛之中（小腿做了骨移植手术，术后恢复得不太好；她在做膝关节肌肉的恢复锻炼），处在这种情况下，我担心她是否还有心情去考虑买房子一事。这可不是一件小事情。我想尽量说服她，但一想到还得去说服她，这不免使我有些烦躁。

昨夜西南下了一场暴雨，天气暖和，雨水成灾，大风在刮……今天早上海水汹涌澎湃，待会我就要带塔玛斯出去走走，到海边去，可以想见波涛撞碎在岩石上，飞溅的浪花会打在我们脸上，使我们喘不过气来。霍顿太太（我是在达勒姆老年人旅馆理事会的第一次会议上第一次遇见了她）住在兰道夫，她真是一位讨人喜欢的妇人！——她说她爱高山胜过爱大海，原因是大海“总在不停地动”，而高山则是静止的。我倒认为大海不会比广阔的田野更富有动感。

12月22日，星期一

眼下正值三年来从未见过的暴风雪，自搬到此地后还是头一次遇见……岩石般浑黑的海水波涛滚滚，浪花飞撞，大风在呼啸，地上覆盖着大约有十七英寸厚的雪。昨天有片刻工夫天气缓和了点，此刻雨水夹着雪花正在下着。昨天铲雪还比较容易，地上十二英寸厚的雪很松软，现在却很费力，雪又湿又厚，上面还结着一层冰。可怜的塔玛斯！它的腿是那么短。尽管我特意为它在车库前铲出一条道来，它也并不以为那是特地为它准备的。也许今天铲雪机会来铲雪，我可以去取信，带它外出遛遛。去接朱迪过来得要等到明天才行。

昨晚我独自一人装饰圣诞树，壁炉火熊熊地燃着，安静美好，我悠闲地装饰着树……三十年来，我想，这还是头一次朱迪不在身旁，我独自一人装点圣诞树……这一次，等她明天下午进来时，她会发现圣诞树亮了，闪闪发光。

幸运的是上星期四我外出履行了圣诞老人的使命，分别把甜点及礼物送到彼得伯勒、纳尔逊，然后又到布拉特尔伯勒看望玛丽妮娅，最后又去了韦尔斯利。

在伊顿养老院的阳台上，玛丽妮娅坐在一辆轮椅里，两眼直直地瞅着我，我待在那里的半小时里，她一直这样瞅着我，我一到她就立刻认出了我。然而实际上她只剩下了一副躯壳，期间她不由自主地摸着我的袖子，好像在抚摸猫狗一样。旁边轮椅里坐着的一位老妇潸然泪下。目睹这令人痛心的场面心里像刀割一样难受，最后只得逃之夭夭。人心有多大承受能力可以承受这悲惨的情景？那些护士们又怎能每天目睹此情此景而无动于衷？他们明知这些病人不可能再康复，由于年老退化，他们只能是一天不如一天！

经历了这些之后，见到埃莉诺・布莱尔后感觉非常快乐，在韦尔斯利她那舒适的小窝里住了一夜，房子里到处是花卉植物和书籍，她的兴趣仍然是那么广泛，就像玛格丽特和济慈一样。我提醒自己，步入老年并不可怕。老年时光可以是辉煌壮丽的。

12月28日，星期日

这个圣诞节不算是最好的……我很留恋那美好的时

刻，那使人期盼的时刻。然而今年那时刻并没有真正到来……我想这是由于单独和朱迪在一起变得越来越难，朱迪心已不在那里，变得坐卧不安，情形非常糟糕。眼下在这忙乱的圣诞时节，一些不顺心的小事情都会一触即发，叫人难以忍受。比如说，我们总在我的大床上吃早餐，以此开始新的美好的一天，用餐时眺望着大海，看波涛远远地向左边涌去，接着太阳升起，阳光洒在书桌上，抚摸着明亮的小物什，塔玛斯蹲坐在我们旁边，期待着一片面包片，布兰波蹲在床角愉快地发出呜呜声。这情景非常美，可这之前总得经过一番折腾……朱迪一天竟有五次不停地脱掉她的睡衣，每次我都对她说："先不要穿衣服，我们在床上吃早饭！"我五六次地跑上跑下，看她准备好没有，却不料她又在那里脱掉了睡衣，再次把它扔进了洗衣筐里！最后我们总算安顿了下来，喝着热乎乎的咖啡，安安静静地度过了半个小时。

我很想记住那些美好的时刻……首先浮现在心头的是昨日黎明时的情景。我答应玛丽-莉七点钟前出去看看是否需要叫铲雪机来铲雪。天还未亮，南边一弯钩月挂在天空，明亮得很，旁边有一颗灿烂的星星，月光清澈地洒在覆有冰层的积雪上面。经过一场暴风雪后，海水安详宁静，万籁俱寂，我的靴子在冰层上发出了很响的扎扎声。塔玛斯快活地跑在前头，对这不期而至天蒙蒙亮时的散步感到奇怪，汪汪地叫了起来。这是完美的时刻，新的一天开始了。

另外一个时刻是平安夜，我忙活着把一切都准备就绪，安妮和芭芭拉忙着到波士顿机场给孩子们送行，经过一天疲惫奔波后来和我们一起吃晚餐。看到她们在壁炉旁开始放松，很是惬意。这个圣诞节只这么一次，我朗读了《圣诞树》和《耶稣的诞生》。今年这棵圣诞树形状很美，在图书室两端的大玻璃窗上折射辉映，这样一来，三棵树成一排同时显现了出来。“这是我真正的家。”望着芭芭拉和安妮，我这样想着。整个圣诞节期间，我心中萦绕着鲁思·皮特的诗《迷失的部落》，最后一节是：

> 我不知为什么我独自一人，
> 也不知我流浪的部落何去何从，
> 也许他们人数不多，也许他们走得很远
> 不管他们在哪儿，我总是他们其中的一员！

12月31日，星期三

这一年在平和中过去了……空气柔和……海水纯净淡蓝，长时间地屏息着，然后静静地冲刷着礁石。我身心洋溢着巨大的幸福。想不到我竟然在这里安顿下来，想来仍然是个奇迹。如果那天贝弗莉和玛丽-莉在我情绪低落时没有到纳尔逊，没有建议我来个大转变，如今情形又会怎么样？

昨日雪花零落地飘着，我在书房里点亮蜡烛，燃起了壁炉，卡罗琳·卡德瓦拉德和她女儿要来饮杯香槟酒，她们是撤下圣诞树之前最后的客人。花店里的人送来了一大捆包好的鲜花。会是什么样的花？是菊花？打开盒子后掉出来几打鲜丽的红的、红白相间的郁金香，还有三枝含羞草！真不敢相信——三千英里以外朋友的一片心意会给这里的冰天雪地带来春天。我一时间变得有些欣喜若狂。

欣喜中我跑上楼，重新把文森特·赫普的圣诞贺词读一遍，贺词写在一张圣诞卡上，上面绘有麻雀栖息在竹子上的日本水彩画。

> 我送给你三只麻雀，和桑顿·怀尔德一同想到，雅克·莫诺也许不在其中，“这些麻雀每掉一根羽毛，都要经过上帝手指的抚摸”，我祝你圣诞丰盛愉快，丰盛中重新捕捉我们生活的巨大意义，人们常说，生活充满了巨大的意义，然而却不经常显现出来。巨大也好，不巨大也好，生活都是由小事情组成的，是由微小的幸福，就像雏菊花一样，一朵一朵串起来的小幸福组成的。愿来年带给你这一朵一朵串起来的幸福。

然而“人的心灵是由喜悦和哀伤细腻地交织在一起的”。今天早晨醒来，我眼里含着泪水，想到了那部我不得不中途放弃的电视里播出的电影。那电影实在是太令人痛心，心像刀割似的难受。日本人在屠杀成千上万的海豚……就像我们每天在捕杀金枪鱼一样……那极为残酷、灭绝人性的场景，那场景揭示出人在根除宇宙里一个又一个美好的生灵。海豚，人类的朋友，是多么温柔可爱！不知有多少次，简直不忍再做这残酷种族的一员。这人类，软弱无助生灵的屠杀者，这就是我们。到头来，也在毁灭着自己。

1976年1月6日，星期二

今日零下四度，太阳升起时，海上散发着蒸汽，看上去好像在起火。此刻已是九点钟，寒冷的蔚蓝天空下，浮着一层淡淡的雾气。我在重新阅读去年的日记片断，发现日记好像大部分都和天气有关，这让我觉得很有意思。这也是住在新英格兰的快乐之一——如果你开始觉得沉闷无聊，天气会瞬间变化，使内心死灰复燃。就拿今天来说，据说天气会暖和起来，而明天却可能下雨……

新年后的第一个星期几乎过去了，我都做了些什么？每天写一点纯粹是描写性质的诗。创作使我非常愉快。我可以连续几个钟头沉浸在几行诗句里，全然失去了时间概念，好像一个人在桌前玩复杂的拼图或赌博游戏，我的创作与这两者相似。到目前为止，我还没有赢得满堂红，没有写出一首诗，但我却感到自由自在、美妙无比，好像鱼儿回到水里一样自由，有一种解除了压力的快感。我曾多么希望心境能像此刻一样，可众神主宰着写诗的领域，不是我意志可以支配的，从一月一日起开始我一直处在恐惧颤抖中。

我想我仍然在去年和今年的过渡之中。从任何角度上讲，无论是外界或是内心世界，去年的光景不算好……除了完成了《世界之光》——新年伊始得知诺顿出版社要出版它——去年是失去的一年，有那么多人过世了，再加上朱迪老年退化一天天在加剧。六个月来，或者说在二月到七月之间，我身体不太舒适，鼻子和喉咙患轻微炎症；夏天这里像佛罗里达一样又湿又热；由于雷蒙德的姐姐患抑郁症，他母亲也已九十五岁高龄，他一人被搞得精疲力竭，许多花园里该做的事情都没有做完。过去的一年很辛苦，好在总算过去了。

现在，自新年开始写诗以来，我感觉非常平和，甚至感到幸福。已经三年了，这还是我第一次有勇气面对自己内心深处，或是在写作时放音乐唱片。在这以前，听音乐一直是那样痛苦……一打开那扇门，我就会哭泣不止。在纳尔逊的最后一年我心灵受到了极大的创伤。

我对老年退化有些体验，对朱迪一直保持温柔体贴，可法纳姆大夫的衰老却让人难以忍受。作为你的心理医生，患有妄想症，对你进行指责，这种精神折磨实在是糟糕得很。

我被指控企图谋杀她。律师都介入了。但至少心中的一些愤怒被转移到《今日留恋》的创作中去，所以说还不至于是完全浪费时间。不管事情有多糟糕，这又是何等深刻的经验教训？事过之后，我想我变得比以往任何时候都更为坚强，对自己的力量更是确信不疑。

大海平息了心中的痛苦。我从来没有像现在这样幸福，我充满希望地迎接着新的一年。我敢这么说，我充满希望是因为这些希望是我自身可以去实现的，这希望与我自己的内心生活有关，与我周围的美好世界有关。安详平静并不意味着不再有压力，不再有适宜的压力，或者说不再去奋进。安详平静，我认为意味着少一些浪费，意味着全身心地进行创作。

1月8日，星期四

我但愿能有连续好多日子什么事也不干，没有打扰，只是思考、放松（搞创作需要放松，不亚于需要辛勤的劳作），当然这是不可能的。三天前的早晨，一位叫乔迪的年轻女子从波特兰打来电话，询问她是否可以来访，她曾在十一月间写信来说她有可能搭车过来。对此我恐怕不是那么乐意……我对有客将至不免有些气馁，那日早晨再没有继续工作下去。

昨天她到了，穿一双劳动靴子，身着工装裤子，一件薄薄的短大衣（昨天这里零度以下，竟然没有冻僵?），头戴一顶圆帽子，肩头挎着普通的帆布袋。我立刻变得高兴起来。

我在福斯特花店和她会了面，然后开车带她过来，开车驶过的那条路步行几乎是不可能的，甚至开车路都很滑，一路上满是冰冻车辙。我很快活，这是因为乔迪不同于我以往见到的任何人，也许她代表着一种新类型。她渴望四处漂泊——这对我来说并不显得独特——在伯克利待了一阵，然后又到新奥尔良，现在大概又要去波士顿。她背包里装着我写的三本书，一本狭长的、随时用来记下诗歌的蓝色笔记本。我即刻喜欢上了她的容貌，她有着奇特的嘴角，大大的金丝边眼镜框后有一双敏锐的蓝眼睛，一头暗褐色的头发又浓又密。

在书房壁炉前把她安顿下来后，我对自己的舒适富有感到一种厌憎。然而毕竟我已是六十出头的人了，她才二十三岁。在她那种年纪时，我也是到处漂泊（虽说那时只有真正的流浪汉才搭车），而且那时我不断恋爱，为此烦忧。但两者之间却有不同。乔迪时不时地吸毒。我想她吸毒是出于心理上的恐惧，她害怕自己，不知何处是自己的去向，同时她也明白时间不等人。不久她就会二十五岁，再过去就是三十岁了。

当我问她为什么认为我写的东西对年轻人有吸引力时（因为以前并不是这样），她的回答是："因为它们是那样让人充满幻想。”(这就是她对我诗歌的概括，许多诗句她可以凭着记忆顺口朗诵出来，尤其是写圣菲的那首《阳光下的沉思》，那首诗是她在服致幻剂时读的)。我问她为什么那些诗句让人幻想，她说:“宏大，相连。”也许那强烈的情感，加上疏远之情(对那手艺人的疏远)，看上去有点像是服了致幻剂后的状态。我对她解释我不能吸毒，因为我要保持大脑清醒，随便乱搅和它，那后果可是不堪设想。

她热切地提到了她父亲(是个修理工)和母亲，她生长于一个大学城，觉得在那里非常窒息——对此我完全能理解。她是一个被吸干了橘汁的橘子。她兄弟“很有才华，却酗酒贪杯，近似于酒鬼”。他想从生活中得到什么?“被爱。”

她信奉宗教，曾很有心在哥伦布市加入基督教会，大概现在还是如此。在无根无基的随意生活中，自然如饥似渴地寻求根基，寻求心灵归属。我建议，既然她靠打零工维持生活，为何不找一份有意义的工作，比如在养老院或精神病院工作?

随着我们谈话的深入，我开始对献身与责任有了清楚的认识。不敢承担尽巨大责任的风险，又如何谈得上希望寻找归宿?这种责任风险难道不比四处自由漂泊——乍看上去似乎很“冒险”，或者说很“危险”的漂泊生活更冒险吗?献身于爱情、工作或宗教远远需要付出更大的勇气。正是由于这一点，乔迪畏缩了，因为她对任何事情都没有把握。最让人担心的是这类人迫于环境，随意寻求归属……眼下乔迪在波特兰和一位朋友住在一起，隔壁住着一个男人，带着两个幼小的孩子。乔迪大概在那住了五天，那男人爱上了她。他是位修理工，乔迪对这类从事非脑力工作的人很有好感。试想，假如她“漂泊”进入了、最后发展成了长期的关系，事情会怎么样？假如她发现自己陷入一种困境中（为何不安顿下来？），抚养着别的女人的孩子，几乎是出于偶然，当初并没有准备承担起责任，事情的结果又会怎么样？

乔迪甚至还未开始认识到什么是献身（我喜欢用“献身”这个词，“尽责任”一词用得太多了）。她写诗歌，却从不修改，从不分析，对待诗就像对待其他事物一样，凭一时兴趣或激情而写成。就我所知，写诗是理解心灵中真正情感的最佳办法，但要做到这样，你必须动用大脑，对它必须像对待一件艺术品一样，而不是自我纵情。在乔迪和在她那样年龄的我之间有一种天壤之别。因为那时我写诗，我知道自己在从事比我自身更伟大的事情，或至少说是我自身以外的事情。一个人绝不会在追求自我中“找到自己”，相反的是，在寻求别的什么事物中，通过约束规范自己（甚至是铺床叠被的日常琐事），一个人才能懂得自己是谁，从而找到自己的归属。

下午四点时我开车把乔迪送回到一号公路，公路上有铲雪机留在那里的挡雪围栏，她就在那里下了车。就像母亲不得不让女儿离去一样，尽管前途有险恶，却不能阻拦她，只能把她留在那里，心里百般地难受。我在她的帆布袋里塞了一些巧克力，送给她一条暖和的羊毛围巾。除此之外我还能做些什么？没什么好的劝告——那些劝告她已不知听过多少次了。也许（我希望）她从我这里得到的启示是，一个人可以让自己安顿下来，在住宅周围种些美丽的花草植物，而内心依然不会古板守旧，思想依旧活跃开放。

那么从中我又学到了什么？这一切足以使我关起门来写诗了。然而生活又要把那道墙推倒——这倒也好！

1月12日，星期一

醒来后天空灰暗，狂风呼啸……一场名副其实的暴风雪。我还从未见过雪积得有露台上的灌木以及露台墙那么高。在原有的残雪上面又覆上了八英寸的雪，都冻硬了。天气仍旧是寒冷刺骨，我发现热水罐出问题了。

铲出一条可供车子调头的路，然后又开出一条至鸟食槽的道，这之后我返回床上吃早饭，一边长时间地思考着。在纳尔逊时，我从未体验过困在屋里不能出去时心神不安的感觉……那是因为在纳尔逊我住在路旁，可以看到米尔德蕾德的灯光，知道每到十一点时温·弗伦奇会送信来。而这里却没有人每天会按时来，除了威瑟罗斯每两个星期来打扫一次房子。为此我有时感到紧张不安，想到一旦有什么事发生几天内不会被人发现时，我不由得冒冷汗。

在内心世界里，我可以自给自足。我不需要有朋友时时刻刻待在我身边，然而从体力上来说，我却不能自我依赖。任何需要用极大体力去做的事情都可能引发心脏病，以我之见，对此害怕并不是犯傻。

想不到的是李奇迹般地来了，离去时天开始晴朗起来，虽说她在拉瓜迪亚机场遇上了暴风雪。她走路仍然不方便，上下楼梯弯曲假膝盖时会感到剧烈的疼痛。我很钦佩她的勇气。她一直在考虑我们看过的那所房子。买房子可不是件小事情——就像婚姻大事一样充满风险；因为要是买了房子后觉得不喜欢，那又该怎么办？我尽量不给她施加压力，可如果她真决定不买了，我会沮丧的。

幸运的是那晚（那一天李非常疲累）我可以在书房里拉开那张大沙发床，这期间李不必再到楼上去就寝，她在书房里睡下，壁炉火还在烧着。我们在一起愉快和睦，自劳动节后这还是第一次见到她，那时她开车过渡口，一个女人倒车撞了她的车，她的腿膝盖被撞坏。她腿上已打了好几个月的石膏了。

此刻眺望田野看到的景象很奇怪，有一种田野被剖开的幻觉……在白雪映衬下，巨浪翻滚出白沫。大雪仍然在不停地下着，看来要再过一段时间铲雪机才能来，狄克森前来打开了冻僵的车库门，把我释放了出来。

1月13日，星期二

昨日很糟糕，好在终于又有了热水，温度上升为十度，逐渐暖和起来了……看来今天下午和晚上又要下雪。天色阴霾；阳光淡淡地如同月光般洒在灰黑的海水上……一种忧郁的浪漫情调。醒来后胸闷得厉害，不住地干咳，这使我感到心宽了一些，也许昨天的情绪低落及紧张不安只不过是流感的先兆。我得外出买食品……还得买一个温度计，我的那个找不着了。

在这冰天雪地里订购玫瑰花丛种子可真让人开心，一小时一小时地看种子目录，不慌不忙地做选择！

1月15日，星期四

没有下雪，却下了一晚上的瓢泼大雨，温度上升至四十度！翌日清晨我简直不相信我所看到的，我竟然看到了田野尽头棕色的草地。小路和大道上覆着冰层，却消融得很快，我可以到外面去了。因染病毒，我一直病着，很像去年患的那场病，连续六个月不见好。这种时候，我心里明白，我可不能在此病倒。不管怎么样，我都得带狗出去遛弯，给鸟食槽添食，把信取回来。不这样的话，我只能无所事事。我整个生活节奏都被颠倒了，一上午什么都做不成，坐在这书桌前，不停地想着要做的事情，却无力去做。不过在下午四点左右，光线在海面上暗下去时，我倒忽然间有了点精神。

李决定不买那幢房子了。也许那房子对她不太合适，但我不知道为什么会对她不合适。这件事也使我气馁，我付出了难得的时间精力，仅帮她找房子就用去了我四五天的时间，到头来都浪费了。浪费时间使我很恼火。这些日子以来我很清楚，留给我的时间不多了，没有几年的时间了。过去我曾吹嘘我决不会退休养老，可现在我却有时梦想只要生活、养花种菜就行了，不再写书了。那该有多好！

在去年糟糕的一年里，有件事却使人感到极为快乐——伊娃·列·高丽安终于在百老汇火了一把，《皇室》引起了相当的轰动。现在看《新闻周刊》感觉非常美好，比如说，其中有这么一段话："伊娃·列·高丽安使你觉得，在两个半小时里，剧院的确给人一种美感，让人体验到一种优雅丰富的精神生活。现在，即将进入八十年代，列·高丽安女士向我们表明，生活中的一切都可以在剧院再现。她在舞台上投射出一道彩虹。"

1月19日，星期一

这一星期很糟，天气又变得寒冷难忍。昨日温度降到零度以下，今天是零下八度，尽管灿烂的阳光照耀在田野上，脚下的冰雪在消失，你却觉得冷得很。我退烧了，但仍然觉得身体不适。尽量不去做什么费力的事情——甚至写封信都觉得很吃力——我很欣赏这幢房子，宽敞的空间，充足的光线，窗台上鲜花盛开，有樱草、秋海棠，从园子里移进来的深蓝紫色蓝英花依旧那般姣美异常。小橘子树上挂满了圆圆的橘子，令人惊奇的是淡紫色伞形虎眼万年青依旧垂吊星星般的小花。那盆优雅的纯白水仙花清香四溢，每每走过它时我都会心醉神迷，在外面一片冰天雪地映衬下，这馨香实在显得奇妙无比。还有那哈利·拉皮洛送给我的风信子也在开花。"笆舍"送来了一大束春季鲜花，有红白相间的郁金香、蝴蝶花以及水仙花。有好一会儿我琢磨不出这"笆舍"是谁——原来竟是亲爱的阿格尼丝和安妮·索普。这样一来这房子成了病人康复时摆满鲜花的房间，这是我想象中最好的医院。

生病时我的确感到这里冷落孤凄。昨日实在冷得厉害，塔玛斯那时得出去遛弯，就在带它出去前我退缩了，忽然之间我决定问住在路那头的诗人朋友理查德和莉兹·佩维尔是否可以带塔玛斯出去，并帮我把《纽约时报》取回来。他们答应了，之后我们在壁炉旁坐了有一个钟头，饮着圣诞节的白葡萄酒；与他们片刻闲聊对我很有好处。理查德做出决定辞去了玛丽娜船坞的工作——我为此很高兴。像许多知识分子对学术界感到厌烦一样，他觉得做些体力工作会使他得到一些教书工作得不到的好处，他可以在晚上写诗。昨晚他提到玛丽娜船坞的工作每天都是老一套，腻烦极了——冬天把船油漆好，为夏天做好准备，秋天又把船油漆好储放起来。（我当时对此并未多考虑，后来觉得正是这种反反复复使家务活干起来非常枯燥——不等把碗盘洗好，就又要开始做饭了。）搞创作最大的好处就在于从来不重复。面临的问题总是新的，你从不感到厌倦，我发现教学也是一样。使学术界气氛死气沉沉的不是教书本身，而是那些什么委员会、政治以及争权夺位。高等学府的“组织工作者”是形成学术界死水一潭的缘由。

理查德辞退了工作，同时琢磨着自己要做的事情。这期间他接受了一项差事，为《哈德逊评论》评论一套诗歌。他吃惊地发现大部分诗歌写得简直不像样，我希望他能对目前这种现象做一些严肃的剖析——近来一些消极的自我放纵的诗歌被认可，苦心雕琢出的“含义”欠缺交流传播方面的深思熟虑，妇女解放运动对造成这种现象起了很坏的作用。它就像一把遮盖一切、没有风险的大伞，笼罩了所有女诗人，好的坏的都在其下。艺术不可以民主。就好像所有的标准都被弃之不用了。用体育比赛的术语来说，就好像是打篮球没有规则，什么人都可以打，什么人都可以为所欲为！现在有谁会对修辞隐喻做分析，引申出他或她所要说的中心？什么样的真正诗人或艺术家沉醉于自鸣得意的自我认同，刚起步搞创作就蛮横地拒绝外界对其作品做出评论？

除了对我自己，我并不希望对他人妄加批评，然而有时却不得不处于这种困境中。这种时候——就像这星期里，有人为了想被推荐得到奖学金，给我寄来了我认为很不值得看的东西——我会连续几天苦恼不堪，晚上不停地做噩梦。也许这就是问题的症结。我们都是软弱之人，太富有同情心，太害怕得罪人，因而不敢说真话。可年轻的诗人如果只喜欢奉承又怎么会学到东西？我不客气地回复了一封信。为此我付出了很大的代价。

1月21日，星期三

早晨起来后想要做点事情实在是吃力得很。今天我让自己分分心，看了看帕克公司的花种目录，此刻已是上午九点半，除了订购花种子外什么也没做！醒来后，橘黄色的太阳在升起，海水蔚蓝平静，我下决心要把这些日子以来真实的思考讲出来。首先要说的是死亡，不是死亡本身，而是死亡过程，对孤独死去的恐怖心理。然而这又是为什么？我们每个人都在孤独中死去，不管他如何被亲戚好友围绕着。从我母亲临终起我对此便有所了解。我深知她付出了多么大的勇气，一点一点地渐渐离我们远去。人步入老年也是如此……我想一个人可以认为老年本身就是死亡过程，这是因为老年本身也在对生活中的依恋逐一放弃。尽头又是什么？如果一个人把死亡看作是到达真正目的地的旅行，而不完全是一个空白的虚度，也许一切又会充满了意义。

有一天晚上我看电视，听到一位荷兰女医生说她一直热心于死亡。她从自己的亲身经历中深信死亡是那样美丽，如果人们知道死亡是怎么回事，恐怕要有成百上千的人会立刻自杀……她甚至说自己很害怕把它讲出来。她的证据便是她的病人，那些病人们进入了死亡线，又复生了。（奇怪得很，这和我想象中的一模一样，在奇切斯特市我看到一位死去后被救活的人醒来后变得异常愠怒的情形，我因而写了那首诗——不得不“复活”后是多么糟糕。）多少年来，除了相信自己的作品也许有可能，尤其是诗歌永恒不朽外，我已不再相信什么了。但是，我逐渐感到人类在毁灭自己和自己居住的星球，或者说也许将来会这样，想到此，我的希望破灭了。我生活中闪光的部分失去了。假如生命不再“延续”，我们所在的星球上的生命将要永久地灭亡，甚至我们信以为会永垂不朽的艺术作品也将如此，那么我失望悲观不是没有道理的。我们赖以为生的是什么？我不知道。我只知道当听到那位荷兰医生兴奋地谈到死亡，说死亡不是人生旅途的终点，而是新的旅途起点时，我感到慰藉，好似一股柔和液体流过了我的静脉。我意识到这几个月来情绪极为消极低沉，这的确使我振作了起来。

近来我一直有一种感觉，即在以后的年月里，我要学到的东西不会来自朋友们，我现在的情形要比我想象中的与世隔绝的生活还要孤独得多……当然有一部分是出于我自己的选择。在最近感冒生病期间，与这里孤零零的大房子相比，尽管周围有着辽阔的景致，我意识到纳尔逊的住宅竟是那样温馨舒适。我选择来这里并不是那么容易的，但我还是这么做了。大多数情况下我很愉快。然而，无疑我为此付出了代价，由于极度孤独而惶恐不安，近来这惶恐的心态淹没了心境的愉快。至少目前是这样。

另外占据心头的是对当今世人的行为感到难以抑制的痛苦，当今之世，人们似乎以暴力仇恨为主要驱动力，暴力仇恨成了人们的所作所为。无疑这种情况一直存在着，只不过现在我们对这种情况了解得更多，每天电视里、报纸上净是报道人类对自己同胞行凶报复的犯罪活动。卡罗尔·海尔布伦昨晚打电话来就此事说："是的，但现在好一点，因为我们现在确实意识到了。"是这样吗？坏消息的大量报道似乎造成了越来越多的冷漠无情。对暴力行凶这种事情，我只能用诗歌形式来应对，进行抨击剖析。难道是懒惰使我对此没有给予理会？有时我在想，大海是否可以不停地汹涌澎湃，没有强烈的震撼，我不可能写出诗来。

昨日去看了医生，现在吃着抗生素。我只希望吃了这药能管用。

1月22日，星期四

昨日下午傍晚时雷蒙德过来看看我情况怎么样，他在桌旁坐下来我们聊了一阵。他对自己这些日子精力不足感到很泄气（他比我小一岁）。这怪不得他，他一夏天都过得不顺心，要照顾两个人，姐姐患抑郁症，母亲吃力地过活——九十五岁的高龄了！可怜的老妇人，人们只能祈愿她不久能在安睡中去世。

收到了来自伦敦珍妮·斯托克伍德的一封信。“现在上了年纪很令人担忧，”她说道，“朋友们一天天在退化，萎缩，死去，或中风倒下了。我尽量像平常一样四处奔走，尽量不去照镜子看自己的脸。”

（对此我不得不提出异议。珍·多米尼克告诉我她双目几乎完全失明，她很不习惯看不到自己的容貌，觉得实在难受。我每天清晨刷牙时总会在镜子里看看自己，但我看到的并不会使我感到不安，因为对脸上的皱纹我不在乎，我注视我的眼睛，这双眼睛蛮有精神。）

晚上我在电视上看了有关老年的系列片的第一集。影片是由几部印象派艺术短片组成的。其中有一部叫《周末》的很有表现力。看到的是一位老人被带出去进行所谓的“观光”……他的轮椅被绑在了大众牌轿车的上方。吃过野餐，轻松地过了一天后，他独自坐在轮椅里，家里人拥抱他后，把他留在了那片空地的一棵树下。然后摄影机四下扫过，我们又看到了一位老妇人也被独自一人留在了轮椅里，接着又看到了两三例同样的情形。这就是通常对待老年人的情形，就像因纽特人把老年人放置在浮冰上一样。他们被搁在那里等死。

阴郁消沉中，我得要想想玛乔莉·比特克，她今年七十二岁，每天打网球，作品比以往任何时候都写得更出色，出版了许多书，过着非常活跃愉快的生活。年轻时人们有各种各样的生活，年老时也同样如此，只不过我们有时忘记了这一点。

在别人苛刻的现实眼光中看到自己有一种说不出的感觉。奥伯伦·沃在伦敦《标准晚报》上对《重要谈话》有篇评论，对我长篇大论地挖苦，它是这样开头的："梅·萨藤，这位美国六十三岁的妇人，写了三十六年小说，却没有什么人对其感兴趣。"这话不假。然而却使我感到好笑，竟然在这样的讥刺漫画中看到了我自己。我在酝酿一部小说，这些不同的意见正好可以做小说的主题——一位相当有个性的作家（在他死后），有好几部传记对他生平创作进行追述，每一部传记都采用同样的事实，然而描绘出的画面却完全不同。

1月23日，星期五

今天早晨零下十二度。厨房及客人用的洗手间水管冻住了。太阳升起后，弧形的海面上烟雾朦胧，散发着蒸汽。我坐下来飞快地构思出一首诗……一直未有的冲动此刻涌现了，一旦出现，总在心头萦绕。

令人捉摸不定的猫八点时钻了出去，到现在还没回来。大冷的天它可受得了？据唐·肯特说，今天早晨会有大风，使实际温度降到零下五十度。这就是为什么要有裘皮衣的缘故。

有这么一个小笑话，说的是只有有钱人冬天在新英格兰过冬……穷人到佛罗里达过冬。我十二月份的暖气费是二百五十美元。几天前让管道工把热水炉修好，又花了六十九美元，现在自然又要花钱请人来给水管解冻。

1月27日，星期二

沮丧沉闷的一天……浓雾笼罩下，无叶的树木，如同用铅笔轻轻描绘出来一样，形态非常好看。天气竟是这样变幻无常！昨天一整天都在下雨，起初雨水成冰，我寻思这可怎么出得去，连个落脚处也没有，到处是冰。然而到中午时，温度竟上升到三十多度，冰雪开始融化。与上个星期气温降到零下五十度相比，四十八个小时里气温竟然来了个一百八十度的转变！昨日一整天我感到糊里糊涂，几乎什么也没做成。今日还是感觉迟钝呆滞，拖着这笨重的身体上下楼梯，设法强迫自己空空的大脑去思考。

昨日有件事让人非常开心——芭芭拉送来一张凤凰起飞的素描，是我托她为花园所绘。素描和我想象中的一模一样，我有些等不及想让它赶快在那棵紫杉树前立起来。

2月2日，星期一

一场特大的暴风雪在酝酿着。滔天的巨浪滚滚而来，撞碎在岩石上，岩石岸边二十码外白沫到处飞溅。气温仍然是四十度，可波士顿已开始降雪，唐·肯特今天早晨说气温很快会降到二十度。他还说气压计显示28.10是二月的历史最低值。翻滚的浪花吸引着我的目光——海潮不算高，接下来几个小时，海潮会涨得越来越高。很是令人兴奋！此刻太阳耀眼地钻出来，阳光下，汹涌的大海变成了银白色。

我下决心今天要集中心神去写诗——也许构思一首黄连雀的诗，两三天前，黄连雀飞来啃啄樱桃枝上圆圆的深红小果子，那情景好不雅致！它使我想起了印度画，画中每一个细节都是那样美好，令人遐想；随着目光的移动，你会发现有上百个令人欣喜的奇妙东西，诸如一只兔子，或是花丛后面的一只鹿。比尔·布朗和保罗·沃纳有一次举办印度画画展（加利福尼亚有好几家博物馆都展出了他们的画），他们寄给了我画展集子。一幅画我竟然能看十来分钟，不难想象他们作为收藏家的热情。在强调具体细节、形式设计和描述性方面，绘画与诗歌很相像。我自己很像那些“孤独的、对着动物吟唱的印度拉齐普特妇人们”。我不唱歌给塔玛斯听，但我跳舞给它看，这举动把它吓得够呛——它跑过来跑过去，好像在寻找避难所，惊慌失措汪汪地叫着。在它看来，我一定像个怒气冲天的骇人女神。

2月3日，星期二

我的确作了一首诗，虽说外面狂风呼啸，这一天总的来说过得很好。带着塔玛斯去海边岩石那里看海潮，不得不返回——担心它会被海浪卷走！作完诗后，用了一小时从《今日留恋》中筛选出要朗诵的片断，高声地朗诵着，晚间应邀到圣母大学去朗诵，经他们建议，我用半小时朗诵《今日留恋》节选，用半小时朗诵诗。这是一次尝试……我以前从未对任何一位听众用这么长时间朗诵散文体。然而，正如一位文艺批评家所说，这部作品有韵律感，可以吟诵。朗诵此书发现其中蕴含的情感是那样强烈，这使我不由得有些气馁。三年后的今天，那种强烈情感，受愤怒驱使的强烈情感是如此遥远，我几乎很难体味出来。比之那时，现在的我要愉快得多，但某种程度上又活力不足，我很留恋那强烈蓬勃的生机。我对这里的一切非常满意——大海、花卉、动物、日常生活——却很少被狂烈的情感占据，有时我觉得心灵失去了锐气。这是不能以人的意志为转移的。也许我进入了人生的新阶段，对什么都已不在乎，这就是说我年纪大了。比如说，我不再想着要买家具或地毯什么的——为什么要在这房间里添加更多的东西？生命所剩的时间已很有限。物质生活方面，我已拥有的不多不少，这就足够了！

有一天，看到车里有一位老年男子，有片刻工夫我以为是一个老妇人。难道人老了，男人看上去像女人，女人看上去像男人是真的？我相信如此。女人到老时，脸上的虚荣开始减退，特征浮现了出来；男人在某种程度上争强好胜的动力不见了，变得更柔和。记得珀里·科尔曾告诉我说他不忍心再打猎捕鹿了；而在他年轻时，他对此根本想都不想。人老了的好处之一是我们不需要再去向谁逞能，不需要再对他人或对自己证明什么，我们是我们自己。

这一冬以来，我一直在阅读传记作品，近来在看克里斯托弗·赛克斯写的有关他朋友英国小说家伊夫林·沃的传记；此书东拉西扯，离题很远，对沃的婚姻状况、孩子及家庭生活几乎没有提起。所看到是有关他在伦敦怀特俱乐部[1]之类的事情。他是俱乐部的成员，在那里不是他侮辱别人就是别人侮辱他，要不就是想象中他在受人侮辱，此外是和他的男性朋友一道外出旅行。许多谈话均是一字不差的引用——他简直粗俗成疾——然而最终我们仍然是对此人全然不了解。全书给我印象最深的是作者在竭力维护名人雅士拥有俱乐部的优越感，成为"俱乐部成员"是一种满足。对此我一点都不理解。然而我却知道那个"圈子"需要的是心甘情愿连续几小时忍受枯燥无味的活动。任何一个团体组织聚会行乐，进行活动比赛，时间长了都会令人感到枯燥至极，这甚至可以用来形容一些比较实用的"团体组织"，诸如园艺俱乐部什么的。

沃的传记里有一处很有价值，我想把它记下来——海伦娜对来朝见初生耶稣的东方三贤人的祷告：

> "像我一样，你们三位来迟了。牧羊人早已来过这里，还有那些牛。你们启程之前他们就已在这里和天使一起唱了颂歌。你们清楚，天国里原有的准则变松了，那颗明亮的新星在惶惶不安的众星中甚是炫目。
>
> "你们费尽周折而至，一路上观测计算行程，而牧羊人则是赤脚跑来！旅途中，你们看上去又

1　怀特俱乐部，英国最古老的绅士俱乐部，被认为是世界最高级的私人俱乐部。

是多么与众不同，衣饰豪华，众仆随侍，携有大量稀有贵重之礼物。

“你们终于到达了你们朝拜之旅的终点，奇异之星在你们头顶上闪烁着。你们又做了些什么？你们停下来拜见希律王。相互交换颂扬新星之词，在交换颂词时希律王酝酿着杀机，一场无休无止的乱民官吏对无辜者的陷害之战开始了。

“你们到了，没有被拒之门外。你们同样在牛槽前找到了你们的位置。你们的礼物虽没有必要，但还是被收下，被小心地存放起来，因为它们载着爱心。在新诞生的仁慈准则里，同样也有你们的一席之地。在圣人之家眼里，你们跟牛马一样同受爱心对待。

“你们是我的特别庇护者，是所有后来者的庇护者，是所有历经辛苦找到真理的人的庇护者，是所有对知识和思索充满困惑的人的庇护者，是所有以礼貌而令同伴愧疚的人的庇护者，是所有因富有才华而使自己处于危险之中的人的庇护者。

“亲爱的表兄们，请为我祈祷，为我可怜的、负担过重的儿子祈祷。愿他在生命终结之前也在牛棚里找到下跪之地。为杰出优秀的人们祈祷，以免他们会消失殆尽。为拉科坦提厄斯、玛西娅斯、特里夫斯年轻的诗人们以及我疯狂的盲目的祖先们的灵魂祈祷；为他们精明的对手奥德修斯及伟大的朗基努斯祈祷。

“圣上没有拒绝你们那稀有的礼物，为了他的缘故，请永远为所有博学之人、谨慎之人、儒雅之人祈祷。当天真之人进入他们的王国时，请不要让他们在上帝宝座前被遗忘。”

2月5日，星期四

起来后温度在十度，尽管太阳看上去春天般温暖，外面却令人惊奇地寒冷，昨天很暖和，三十二度以上，无风。据说今晚要下大雪。这消息很受欢迎。眼下到处是硬厚的冰层，实在让人恼恨。终于“我们又可以穿着天鹅绒鞋子行走了。”

我在阅读以色列总理果尔达·梅厄的传记。人们说我们缺少英雄，然而无疑眼前就有一位，她是一位坚如磐石，始终如一，伟大又谦逊的女人。我不得不慢慢地阅读此书，因为好多时候实在太痛苦，不忍目睹到处都想是推翻、很有可能毁灭以色列的事实。在这二百周年纪念的日子里，我们大张旗鼓地在自我庆贺，庆贺二百年前史诗般的独立战争。然而，事实是不管那时英国再怎么强大，他们的军事基地远在千里迢迢之外，作战需要数月跨洋过海。而以色列人，近乎赤手空拳，面临的却是直接与就在家门口的武装到牙齿的强大邻国们的战斗，他们不仅赢得了战争，而且在接下来的五年之内取得了了不起的成就——要安置六十万来自欧洲和也门的难民们，这些难民背景各异，有的未受过教育，文化背景全然不同……要建造房屋，创办学校，解决就业问题——所有这一切均是在资金短缺，各方面都处于困境中解决的。他们二十年来所取得的成就真令人难以置信。然而，你能感觉到他们时刻受到国际共同体的轻蔑，被认为是可以抛弃的。

2月8日，星期日

又是孤独地在凄冷中度过了整整一天，这之后有了某种程度上的突破，自圣诞节以来还没有出现过这征兆，总得有个突破吧。我痛哭流涕起来——甚至连猫也起身过来低头看着我（我躺在床上），塔玛斯在急急地舔舐着我的泪眼。可动物的安慰是不够的。我纯粹是太孤独了，渴望着慰藉。这不是那么容易解决的……我可以给一些人打电话，如果我请他们过来吃晚饭，他们也会乐意前来。但那要付出很大的精力，会打乱我的沉思，把一天真正要做的事毁了；这不是什么上策。我需要的是一个“家庭”，我所指的家庭是我可以时有走动，与家人随便吃顿饭、散散步什么的。好在我每周都和海蒂一起吃顿午餐，否则我会完全陷入孤独凄凉中。

想邀请人过些时候来访，又有些犹豫不决，原因是那时如果我突然想写一首诗，那又该怎么办？我觉得我不能把时间通道堵起来——创作是我的第一职责。文森特·赫普今晚要来。他是一个我可以与其谈论许多私人以外话题的人，比如以色列问题之类，我期盼着见到他，这将至的来访使这一星期显得很怪，节奏有些不同。我一直在“做准备”，这需要时间与精力。只有单身过活的人，像我这样寒冬腊月只身一人过活的人才能理解“招待”甚至只是一个客人所引起的心神不安。

忧郁低落时，我很清楚，我所做的每一件事情，诸如浇灌花卉、和猫狗聊天，带它们出去遛弯都是在设法抑制心中的悲伤。一种替代？替代什么？替代那可以为我照料这美好一切的人……我想那是不再可能发生了。某种程度上我也不希望再发生。我已进入新的阶段。也许一个人必须体验到绝对的赤裸、被抛弃以及孤凄的感觉后才能为重新敞开内心世界做好准备。也许一个人得有胆量那样做。今早悲伤地痛哭过后感觉好一些，悲伤使我认识到我在接受几个星期来我拒绝承认的事实——孤独得要死。

2月12日，星期四

灿烂的一天，蔚蓝的海水闪烁着，天空只有小朵小朵的白云在飘浮……气温上升，天气暖和起来，这情景几乎令人难以置信。我感到各方面都轻松了起来。

文森特和我谈了好几个小时，相互之间有着真正的交流，奇怪的是我们谈的多是人与人之间的关系，“世界局势”倒谈的很少。他认为家庭生活中存在的敌对紧张的关系是不可避免的，他对此能自然地接受，这使我感到惊奇。对我们来说，能承认这个事实是多么不容易！我觉得我们每一个人都生活在某种不现实的幻觉中，这幻觉起不了什么作用。恰恰相反，它使我们在压力面前感到内疚，好像承认家庭不和是一种个人的耻辱。我觉得文森特说得很有意思，他认为家庭不和是很自然的现象，不可以用什么方法去解决，只能是“等它过去”，就像等待一场暴风雨过去一样。他路过此地在这里待了一宿，他带他的两个儿子去加拿大哈利法克斯给最终文件签字，也就是说他的两个儿子可以在美国工作居住，不需要每隔一段时间就得回加拿大住一住以保留身份。当然，这来回折腾花销相当大，这也表明官僚机构是多么浪费人的生命与精力。

谈到我与世隔绝的感觉时，他毫不含糊地说道：“你是领导，你对那一定很清楚。”我警觉起来。那还是在三十年代，我负责一个小剧团，自那以后，我从没有想到自己是一个“领导”。作为一个领导，想象中当然要有一组人或骨干分子被“领导”。难道没有羊群的牧羊人能被称为“牧羊人”？我不由得有些诧异，因为我觉得我整个为人脾性对精英并不赞赏，我相信做人正好与之相反，即人要变得越来越富有人情味（正如我所希望的一样），要承认人的整个一生有很多不足和失败之处，做人应该是与所有非领导及不受领导的人融洽地形成一个无形的整体，在宇宙生存中普普通通地做人，富有尊严地生存着。

大英帝国建于高人一等的精英观念之上。布卢姆斯伯里文化圈的荣耀来自“特殊”之感。究竟为什么人一定要有“成为”大人物的心理？我想证明一个人不论在一般情况下还是在特殊情况下与群体近乎隔绝是完全可以的。当然付出的代价是很高的。而且一个人得十分坚强，愿意为此付出代价。

2月23日，星期一

天气又变得凉爽正常了，这一星期来异常地湿热，令人焦躁不安。到圣母大学待了四天，去参加文学节活动。得知诗人露易丝·辛普森、斯坦利·库尼兹及高尔威·金内尔也应邀前去，我不由得兴奋异常，去的时候战战兢兢，心里很担心，因为此次文学节活动没有几位诗人，而这三位又都是我一直尊敬的诗人——担心辜负了米歇尔·奎因的期望。此次文学节活动由大学二年级学生发起主办……由他们选择自己喜欢的作家参加，米歇尔是二年级学生主席，她特意邀我前去。

结果文学节办得极为成功，每个人都充满了爱心与喜悦之情。那些观众实在令人难忘！漂亮的大礼堂里六百个座位都已坐满，后进来的人只能站着。露易丝·辛普森头一天晚上的朗诵非常好，那幽默轻柔的声调与我的迥然不同——我不知道自己的作品能否感染观众，尤其是我要同时朗诵《今日留恋》和诗歌。结果很好……掌声一阵阵涌起，可爱的米歇尔啜泣着，记得在她那个年龄，在市民仓库剧院时，我也曾有时啜泣，流出激动欢乐的眼泪。也许最使我感动的是有些女教授及讲师们前来向我表示感谢。她们对我说："你所做的都是在替我们表达心声。"（文学节上只有我一个女作家）。

上述是这次经历的一部分。另外一部分，也许对我来说更重要些，就是聆听那三位一流诗人的朗诵。我一直渴望置身于这种场合，渴望让自己再次感受到诗人之间情感的共鸣，渴望从自己的同行中学到些东西。这体验使我对自己的文学创作有了一种新的信心——不拘于形式的创作。我清楚地看到这些诗歌是如何产生动力和刺激的，像音乐一样在听众耳边回荡。乘机返回的路上，我在读金内尔的诗作，读到了《旋浪》第四部分：

我静坐聆听
浪花高起下落。
大海有着无穷的力量和不息的生命，
漩涡卷着轰然的澎湃
波涛撞碎肆意、反冲飞溅
此起彼伏中隆隆的轰鸣向海边滚去。
这是生命长河中的顶峰，
是我们音乐中的永恒。

这四天内，许多大门都向我敞开。这其中，有天在一家学生咖啡店吃甜甜圈闲谈，有人送给我一本著名神学家蒂利希的著作《基础的动摇》。听上去好像无关紧要——偶然遇到一位年轻人和一位年轻女子，两人都是大学讲师。然而在那种文学节气氛里，这却是相当有意义的。我很需要这本书。它（尤其是《等待》那章）解决了长期以来一直让我烦恼不安的心事。它使我又恢复了平静美好的心态。

也就是在那半个小时里，那位年轻人告诉我他的姑妈凯瑟琳·奥利诺曾给我们家做过多年管家。那时我们住在剑桥，她姑妈很爱我母亲。这可太好了，我可以给她写信，送她一本《我认识一只凤凰》。这可真使我高兴！

2月27日，星期五

天空显示出春天来了——柔和淡蓝的天空倒映在海面上，使海水也成了蓝色，那蓝色在冬天里很少见到。然而大地仍然灰暗潮湿，地上的冰块还没有完全融化掉。那棵大枫树周围仍然有积雪！无疑今年的春天来得很早（如果能持续的话），这对寒冷难熬的一月是一种弥补。

我不知道为什么一些“激励人心”的东西，诸如那些常常刊登在《读者文摘》和宗教杂志里的作品，远远不能安慰或鼓舞人心，这些作品令我不安。大多数的陈词滥调讲的都是事实。但实际情况是这类表面用糖裹着的东西目的在于迎合人们的口味。这使我感到厌恶。我之所以感到厌恶是因为我感到上当受骗了。它贬低上帝（把上帝作为人类的伙伴），把耶稣浪漫化，而且最危险、最不合基督精神的是它使自己的传教者感到优越于他人，这些人属于高等人士俱乐部的一部分，在此俱乐部，灵魂得救的人可以聚在一起，其他人均被关在了大门之外。面对此状况，蒂利希像一股纯净无情的风刮了进来。在读《基础的动摇》时，令我感动至深的是它对我长期以来苦恼于不知上帝何在有了解答。《等待》那一章是这样开始的：

> 《新约》与《旧约》对我们自身存在与上帝之间的关系均做出描述，这关系是一种等待的关

系……人与上帝的关系首先不是拥有、不是目睹、不是认识、不是控制。忘记这一点的宗教，不管它传教形式再怎么样欣喜若狂，激情也好，理智也好，它都是在用自己创造的上帝形象来取代上帝……事实使我相信，基督教义遭到许多人反对，这是由于基督徒们公开或隐晦地声称自己拥有上帝，因此，也就是说这是由于失去了等待这一内涵所造成的，这一内涵对先知和传教士是至关重要的……他们不拥有上帝，他们在等待他。上帝怎么会被拥有？难道上帝是许多东西中一种可以被人为控制的东西吗？难道上帝还不如一个人？生活中我们常常得等待一个人。

3月7日，星期日

日记中断了很长一段时间，患了重感冒（“我从没有患过这么严重的感冒。”每当感冒时，我父亲总这样说。）。这期间又正好有些事情我非得处理不可，因此休息不成。我不得不到剑桥怀特街十四号去取回我的东西，在搬到纳尔逊之前，朱迪和我在那里幸福地度过了十年光景。我把一些绘画、上百册书籍以及一些家具都留在了那里，只要朱迪住在那里，我就不想破坏房里的布置。现在她侄儿（以前是租赁）把房子买下来了，自然想重新拾掇一番。

看到四周邻舍仍然是原来的老样子，基本上没有什么变化，心情难免有些激动。朴实随意、不太起眼的三层公寓以及那些结构小巧可爱的房子依旧在那里，怀特街十四号上那个马具店，有一百年的历史了。蒂米·沃伦，朱迪的重侄儿，在那儿等着我，还有埃莉诺·布莱尔也在那里，她今年已八十二岁，开车从韦尔斯利冒着风雪前来帮我。她明知那天会很辛苦，可她还是来了，这也足以说明她的个性——真是一位了不起的朋友！她一到就动手干起来，把酒柜角落里的小珍品都打包好，这些小珍品我准备都送给安妮·伍德森和芭芭拉，让她们在农庄住宅里作摆设。蒂米已经把书籍都包装好了，这省去了一件我要做的相当繁重的活计，这活儿对我一直是一种压力。最不顺利的是寻找那些凌乱的旧照片以及一些小东西……一只烟灰缸，上面绘有蝴蝶，弗拉基米尔·纳博科夫很喜欢这只烟灰缸，他是我和朱迪在另外一处房子住时的租客。（我希望朱迪把它送给他！烟灰缸破损后被修好，我把它扔掉了。）我们的那只猫，汤姆·琼斯，在那些旧照片中一次又一次地再现……我对它的记忆是那么鲜明，它躺在窗台上的盒子里，头朝下躺着，正如我在《毛人》中描绘的那样！

午餐前我们在小露台上坐下来，饮一杯雪莉酒，我不由得提到了朱迪的过去，毕竟蒂米对他老姑母衰老前的生活并不了解。谈话时，过去的一切又都浮现了出来——我们一起在那幢房子里生活，那之前是在剑桥另外两处房子里度过，我们一起生活了有二十多年。我愉快地回忆到朱迪是多么不平凡的一个人，黢黑的眼睛里不时显现出忧郁深沉的神情，说明她有着强烈的内心生活，事实也确实如此，她天生具有贵格会人的气质，自然朴实，是贵格会人性格极好的例子。她是西蒙学院英国文学教授，教学任务很重，常常修改论文至深夜，早晨七点就离家去了学校。尽管如此，许多暑假她自愿为贵格会做了很多事情，与二次大战时受美国歧视的日裔美国人一道工作，我们认识后，她又开始教新移民过来的拉脱维亚人英文。她贵格会的个性从她在日常生活中的克制也有所体现……例如，她从不多饮一杯酒，社交场合最多也只饮一杯就够了。然而，最重要的是她在我异常急躁的性格面前所表现出的真正贵格会人的宽宏、从容、镇静的风度。这也是某种程度上我们关系可以持久的缘故。

朱迪出生于新英格兰安全、高尚的西牛顿市一个富有的家庭，然而当她十九岁，在史密斯学院上大学一年级时，她赖以生存的世界在她脚下可怕地坍塌了——母亲精神完全崩溃，在精神病院度过了余生，父亲破产。查理斯·马特拉克是位很有风度教养的人，继承了一大笔遗产，却没有一点投资经营的才干，落得结局很惨。他的大女儿很早就结了婚，还算幸运，可朱迪和她妹妹不仅失去了母亲，而且还面临立刻寻找谋生出路的困境。朱迪靠奖学金设法读完了大学，然后，感谢一位朋友的慷慨援助，到英国牛津大学待了一冬天，这以后她开始了教学生涯。

朱迪交友很有天赋，我想这是由于她有一种特别善于认真聆听他人的能力。她对待朋友的方式很少见，也正是因为这一点，当我们在圣菲作为室友初次相遇时，她深深吸引了我。

我们在一起生活得很美满。冬天，她整天在外工作，我在家写作，愉快地期盼着她回来，一起喝茶，散散步，之后她上楼备课、改论文。夏天，我们不止一次地去欧洲旅行……不能忘怀的是二次大战后的一次旅行，我们开车和另外两个英国朋友沿多尔多涅河到法国南部去，在伦敦经历了长时间的战争岁月后，心中充满了对阳光、佳肴、法兰西本身的渴望。搬到纳尔逊后，每逢节假日我们仍然在一起度过，夏天她到我那里住上一个来月。所以说，当她变得越来越恍惚，现在解开的是多年来编织网结在一起的，现在依旧经纬交错的我所经历过的最深的关系。

3月9日，星期二

昨天去看了医生……得了流感，没有什么好办法，他说只能是等一个月或六周后才能逐渐好转起来。很快又要外出演讲，一想到此，我不免有些心慌，更糟的是什么事也没有做成。诗的梦幻都到哪儿去了？还有这日记，晚间躺在床上不由得出汗，心中有那么多的所思所虑，可记载下来的却那么少——其中之一是对濒临死亡和死亡的深切体会。这并不是说我自认为得了不治之症，只不过是我觉得死亡在沉重地威胁着我。我在向死亡走去，觉得一天天在走近它。另外是对自己生活极度地不满意（太舒适自在，太自我放任）。屋里乱七八糟，从怀特街取回来的书箱子到处都是，没有精力去整理。有好多星期了，一直有气无力，提不起神来，这情形其实自一月份起就开始了，一月份时我至少还写了几首小诗。我挣扎着想用什么办法来解决这种低沉消极现象。

第一个办法就是随它去算了，欣赏一下阳光底下盛开的鲜花——昨日书桌上的白色水仙花及蝴蝶花开得很美——享受一下这美好的住宅，体验和动物在一起的喜悦。（布兰波终于出现在我的书房，蜷缩在我白天用来小憩的床上——斯克朗布经过了好多个月后才觉得邪气被除去，变得习惯了。）每天生活得缓慢安静，这对恢复身体健康很有益处。另外就是更多地自我寻找，驱使自己，希望自己能进入更深、更真实的思维空间里去。

唯一我所创作而有收获的是，如果可以称之为创作的话，是我让摆放花卉的大窗台上开满各色鲜艳瓜叶菊的梦想成了现实。从下种到开花整整十个月……十个月的担心，先是在地下室灯光底下栽培幼苗，然后从平盘上移植到泥炭盒里，最后再移至大花盆里……十个月中，不停地要驱赶粉虱，又担心它们在寒冷的一月份里会受冻。现在，它们都摆放在楼上。有一株是深蓝色，非常鲜艳，像食物一样滋养我心灵。有一株开的是紫花，花瓣边缘有一圈白色，还有一株也是有白边的粉红色花，粉色也有浓淡深浅之分，有浅橙红、深粉红及鲜艳的洋红（我不喜欢这颜色，但在这花束中，显得很独特，很美）。

收到了一封卡米尔·迈朗的长信，她今年八十七岁，信的内容使我很生气。我们交往有很长时间，这几乎还是第一次令我觉得我们之间有一道鸿沟……对许多事情我们都有不同的看法，她对当今之世不能接受的事情太多了。想写封回信，可甚至只是想想要怎样答复她都使我感到筋疲力尽。最使我生气的是她说法国人总是把政治与道德分开来讲——说到水门事件，她认为对此事件的处理是小题大做。我想说的是，一旦把政治与道德分开来讲，人类的文明势必要灭亡。她拒绝承认对越南的战争是不义之战，也不认为竭力反对战争的人是有道德的人。对此我怎么会有那份精力去答复她——再看看这桌上这些像等待被喂食的动物一样的一大堆信件？

3月11日，星期四

今天属三月里的正常天气，早晨开始下雪，此刻放晴了。天空布满春天的云彩，大海平静蔚蓝，雪在消融，地上很泥泞。我设法开车去康科德看了看朱迪，像以往一样，每次看她回来，心里感觉好受多了。有一个月没有看到她那张熟悉可亲的面孔，心里竟是那样牵挂着，受内心驱使，我只得去了。

两天前，电视上有一个九十分钟的人物介绍节目，介绍皮亚芙[1]。那九十分钟可真令人愉快，又一次听到了那些伤感之曲！其中有她以前的情人们及熟人同事对她的评价，让人很开眼界。有一位用了法语“魔鬼”一词来形容她，其实我相信这个词应该是“怪杰”。就我所知，英语中没有相对应的词可以来代替，但我想是指某人大于生活本身，由天赋造就，天赋使之与众不同，天赋令其异常难以对付，同时又杰出非凡。另外一个人说道，她需要情人就像需要氧气一样，听此我很吃惊，这是因为她说得很对，拿我自己来说，甚至在很小的方面，都是如此……如果不是情人，至少也是能重新带给我新生活的人，可以使人重新振奋、富有吸引力的邂逅者。很长时间以前，我曾有过这样的经历。也许我再也不会有这样的经历了。

---

1 伊迪丝·皮亚芙（1915—1963），法国著名女歌手。

3月16日，星期四

闲来无事，惬意地欣赏着这居室、花卉，很希望能有精神解开箱子整理那些从朱迪旧居运回来的书籍，在书桌前坐了有一小时左右，没有做成什么。这种时候，原有的生活与艺术的矛盾又变得尖锐起来。我被对自己创作的疑虑和担心所困扰——我能再写一本小说吗？如果写不出的话，我又怎样生活？我开始理解为什么路易丝·博根在她人生的最后岁月里会恐慌，后来她成功了，然而对自己创作能力在消失的担心咬啮着她的心灵，她一天天变得忧郁起来。自一月份以来，我还不曾作过一首诗，即使那时写了诗对我来说也是微不足道的。

今早在床上我拾起了里尔克的信件翻看，看到一九二二年二月十一日的那封信。写那封信的前一天，在急风暴雨般狂烈的情感驱使下他完成了《挽歌》的最后一部分，也就在那之前，他被情感攫住，写出了《献给俄耳甫斯的十四行诗》。这都是在经过了那么多年的沉寂后发生的——长时间的思考及情感的酝酿——痛苦不安的耐心等待。我所担心的是自己会变得懒散起来。极容易无所事事，享受生活中看上去最简单淳朴的事物，观看毛茸茸的啄木鸟啄食，望望大海，此刻大海受即将到来的东北风暴影响，正波涌潮起，天空乌云密布。我可以使自己连续几小时沉浸在对这些事物的享受中。然而假使所有的紧张感都消失了，假使人成了只有感觉而没有欲望的人，甚至连记一记每日发生的事情的欲望也没有了，那么，对我来说，也就没有生存的必要了。我之所以有资格身处在这美丽的环境中，有资格在这里生活，只因为，也正因为如此，我可以通过自己的创作给予他人。

可生活中总有一些有压力的馈赠或是需求。尤金妮亚送给我一本梅兰妮·克莱恩的迷人作品《嫉妒与感恩》。此书使我吃惊不小，从中窥见自己近来的行为举止。去年我捐了很多钱，大部分是以礼物的方式送给朋友们，然后出乎意料的是，我开始质问这些朋友，因为(我觉得)他们不曾对我表示过谢意。考虑到自己的收入、付所得税的情况，我可真紧张起来，整个神经都因为钱的事而变得焦虑不安。所有这一切都显得不像通常的自己。所以，看到梅兰妮·克莱恩写的，心里很震惊，承认她说的有道理。她这样说道："尽管慷慨大方不常得到感激回报是事实，但这并没有必要动摇给予之心。相反的是，人如果没有在内心建立起足够的充实富有的感觉，每次慷慨给予后总会伴随着极想得到感恩回报的心理需求，其结果是忧心忡忡，感到被剥夺殆尽。"多么让人高兴，我终于对此有了些领悟！真是这样，自从以礼物形式捐赠出一大笔钱后，我一直感到被掠尽财物，对前途感到惊恐不安。现在我猜想这都是由于对自己的创作有恐慌的感觉，担心不能再把钱挣回来的缘故。

后来

暴风雨来了，迷蒙的白色面纱，狂风大作。大海看不见了……与世隔绝孤自一人面对这疯狂猛烈的白色世界，真让人震撼。今早忘了提一件事，这些日子有时候公共广播电视频道播出的节目非常好。昨晚播出了阿尔奇·麦克利什和莫耶斯[1]的一小时对话。阿尔奇今年八十三岁，面孔平滑如石。这样活到老该多好，不起皱纹，相反，倒像被洗涤得干干净净，返回到纯洁无瑕的初生状态。他对有关诗人与政治的问题做出了强烈的反应，我很受感动。他提醒比尔·莫耶斯，叶芝只是在一九一六年开始热心政治，此后才成为一个伟大的诗人。我因写政治诗一直受到攻击，先是康拉德·艾肯，然后是路易丝·博根（我们的来往信件中记载了其中某些争论）。辞藻华丽的坏诗与任何坏诗没有什么不同，我认为不管是下意识写出的政治诗也好，还是潜意识中有意写出的政治诗也好，问题在于写出的诗是否能感动人，能使人感动到什么程度。在圣母大学时，有人要我朗读卡利的诗——我不常朗读这类诗——结果我认为很不错。为什么要担心？人不过是在尽己之所能，做必做之事。在目前，不管凭什么样的灵感写出的诗，都是众神赋予的礼物。

---

1 比尔·莫耶斯（1934— ），美国记者、时事评论员。

3月17日，星期三

地上约有一英尺厚的雪，被风吹着，露台至墙边满是积雪……好大的暴风雪！早晨六点钟起来，为塔玛斯铲出来一条道，填满了鸟食槽，然后又回到床上懒懒地和布兰波躺着，每有暴风雪，它都能从头睡到尾。

外面风雪交加，屋内大窗台上的花卉显得格外生机盎然：瓜叶菊依旧鲜艳夺目，还有一棵仙客来，白花紫茎，很漂亮。

昨天提到叶芝后思绪被打乱了，忘了记下另外两桩事，两桩事均与那晚播出的愉快节目有关。阿尔奇·麦克利什坐在他康威住宅的大池塘边，这把我带回到三年前和他们在一起的生动回忆中。我开车从纳尔逊到他们那里。午饭前我们到池塘里游泳——在鳟鱼群中游泳！那地方神秘美丽，四周绿树环绕，一条小溪缓缓流过，整整一天，艾达、阿尔奇和我三人完美融洽地交流着，过得那么愉快，以致我觉得不能再去了。正如昨天我在给阿尔奇的信中说的，完美是不可能再重复的。艾达井然有序的花园里水仙花盛开着。每到一处，我所看到的都是他们多年共同劳作的标志，他们把周围环境创造得既规整，又随意自在。难忘的一日！

后来那晚（电视上）有一小时肯尼思·克拉克谈爱德华时代人的童年。他和阿尔奇之间有很多相同之处，各自都是通过奋斗为自己开辟出一个理想的世界，而不是靠什么继承遗产致富(克拉克生活环境富有庸俗,正如他自己说的——打台球、在蒙特卡洛赌博,此一处彼一处拥有令人惊骇的大房子)。两人都善于结交朋友,但不同之处是,作为搞创作的人,克拉克没有经历过阿尔奇所经历过的痛苦创伤。莫耶斯对"痛苦创伤"进行追问,阿尔奇回答得真好……是的,生活中悲惨之事不断,一位兄弟在一战中死了,然后又是儿子……说到这里,他是这样表示的,这些哀伤是可以被容忍和接受的,是可以把它们交织进生活里,使之成为富有意义的生活的一部分的。真正的痛苦,阿尔奇说道,在于创作本身,在于创作的艰难坎坷。

昨日收到了查尔斯·巴伯从英国写的一封长信。在海外过了颇有收获的一年后,他开始觉得应该返家了。"住在异国他乡,觉得非常疲惫,眼界开阔了许多,经常被人请求做事……"以及"经常被人盯着看,不同文化之间的茶余饭后笑料本来也没什么好笑的,时间长了所有那些天南海北的瞎扯也都变得不新鲜了"。我十分理解他说的这些,无论如何,欧洲人对美国人有一种难以掩盖的轻蔑。"可你看上去不大像美国人!"是对你的一种褒奖。过去我对此的反应是暴怒反诘!

另外查尔斯对学术界的生活也厌倦了,那个圈子净分析一些缺乏创意的艺术作品。

3月19日，星期五

出奇的巧合，打开从怀特街运回来的纸箱，无意中从一本旧日记中发现了多年来一直在寻找的罗斯金《永久的快乐》中的一段话。之所以说是巧合，是因为今天早晨我发现了这段话，年轻的摩根·米德就来吃午饭，庆祝他的处女作将要在杂志《美国人》上发表。

> “只有年轻人，”罗斯金写道，“才对人们的夸奖给予很大的关注；人年纪大了，变得强大，远远超越于你，根本不在乎你对他们有什么样的看法。”
>
> “你可以对他们表示同情鼓励，可以对他们赞叹不已，但他们却不认为你出自内心地替他们高兴，他们蔑视你的夸赞。假如你真心实意地对他们赞叹过，那么你的赞叹可以使他们愉快地回想起他们走过的美好的青壮年旅程；你可以使他们脸上露出对自己过去感到骄傲的荣光。他们年轻时，雄心勃勃，奋力向自己的目标冲去，目标达到了，‘真不错’。可现在他们的欢乐在记忆中，雄心已泯灭。他们可以对你很好，可你却不能再更多地讨好他们了。”

当然，从另一方面讲，淡然无忧，或自感安全，不期望再被褒奖什么，这是最为理想的，但我恐怕永远不会这样。

我很担心自己对摩根的小说不会有什么太大的热情，结果我对他的创作非常欣赏。小说写得引人入胜；我觉得他是位小说家——在这篇幅不长的小说里，他容纳进了丰富的内容，字里行间展现出他的想象力。能告诉他这一点，我心里非常高兴。

总之，这一天过得很美好，尽管开始雪下得很大，地上湿乎乎的几乎有两英寸厚，我非常担心他没法从哈特福德过来了。他和我是真正的朋友，我们之间无忧无虑，无所不谈，他喜欢我正如我也喜欢他。我们每年相见都似过节一样。我们之间年龄几乎相差四十岁——真不可思议！

3月25日，星期四

一年多来我外出演讲多次，这还是第一次遇上了阳光灿烂的温暖天气，整整三天都是好天气……我真有点不敢相信。在纽约，连翘已吐艳，公共图书馆前的木兰花也即将开放。

在里弗德尔的圣文森特山大学，我要谈的以及诗歌朗读的主题是“独居的经历”。

我只在那地方停留了两夜，却好像在那儿住了很长时间。昨天下午回到家中非常高兴，微风送暖，春意怡然，蔚蓝的海水在起伏……门前几株早春小迎春花及雪莲花绽放欢迎我的归来。

是该对一些事情有所醒悟了，有些人说他们对人“没有任何要求”，正是说这些话的人们，不管他们意识到没有，要求得最多，恨不得嗜他人血，摄他人魂，主宰他人的生命。他们要的最少的是（这可是全部）对他们的“关注”。

3月30日，星期二

朱迪周末在这里度过，自圣诞节过后这还是第一次。天气很美，尽管风还有些冷，但至少海水在蓝天映照下是那样奇妙地闪耀。二十四小时后，我开始觉得悲哀在可怕地涌起，像潮水似的往上涨。但从某种程度上说，在一起度过的时间很愉快。只是和她在一起几小时后，她自身状况的无情事实便慢慢地在显现出来。我感到被抛弃了一样，孤独绝望，孤独是因为我身边最亲近的人由于老年症而离我远去，我在失去她。我深信没有这样经历的人是不会理解我此刻的处境的。

星期天早晨，我们去看望了伊丽莎白·尼斯·佩维尔——她让我去是要送给我一本她的诗集，诗集终于出版了(很精致的一本小书，封面上有她和另外两位诗人的合影，是由艾丽丝·詹姆斯集团出版的)。她和理查德(也是位诗人)结婚后一起生活了十二年，现在两人分居了，伊丽莎白住在伽里特的水上住宅里。做个诗人是多么不容易……或者说既要写诗，又要做全职工作，这种情形下要写出足够的诗歌是多么不容易！伊丽莎白在草莓河岸博物馆做对外宣传工作，理查德在这里的玛丽娜船坞工作。我对两人都很敬重。伊丽莎白是位真正的诗人，但她发现既做妻子又要工作这让她几乎不能做自己喜欢的事。我们谈论了此事——一个女人如何几乎无可避免地做大部分家务事。在她独居的这段时间里，她偶尔邀请男朋友到家吃晚餐，当然是她准备晚饭，侍奉他等等。我的感觉也同样如此，我对自己在圣母大学时的行为感到惊愕——本能地把位置让给男性。一天早晨，斯坦利·库尼兹、鲍勃·哈斯和我一同回答听众提出的问题。大约有一百个学生在场。两位男士来晚了，我便先行回答提问，我们围绕女作家的问题做了生动的讨论。当两位男士到来，我即刻发现自己变得矜持起来(尤其是对斯坦利，那位极为温柔的男人)；我听到自己的声音走了调。其他人也注意到了这一点，那晚宴会上我们对此大笑不止。

什么是做女人？近来我对此想了很多，这是因为我在看凯伦的博士论文(我是她所在的联合研究生院的导师)，论文涉及的是神话研究，其中反复地论述神话领域里是如何以男性为主的。我们生来受教育读的是欧律狄克，处于被动地位，不得不被她丈夫俄耳甫斯拯救等诸如此类的东西。还有勒达！

然而神话并非是凭空捏造出来的。想要情况有什么变化，我们得以自己为中心，而不是把自己看作辅助陪衬。我们得靠自己，其中包括多方面培养以及多方面自我保全。这不是通过反对男人就可以取得的，问题的症结正在于此。正是这一点使我对当今许多女权主义文学缺乏热情。这个问题不是不怎么就怎么的问题。不是女人反对男人的问题。不管有没有男人，女人得找到真正的自己，而不是去反对男人。

再想想我自己，我认识到自己的生活竟是这么单纯，这都是出于运气，或是个人意愿，以及与生俱来的独立的生存能力所致（独立生存使我有了生存的理由，最终使我在生活中找到了一席立足之地），这一切并不是我得靠苦苦奋斗才取得的。我内心最大的矛盾一直是和自己的创作有关。

3月31日，星期三

入春以来昨天第一次出去稍微耙一耙——把今年种了几行报春花的地里的残叶耙干净。然后又把覆盖在花坛上的草甸掀了起来，幸亏这样做了，花丛中有些白色帚石楠开了花。摘了几枝含苞待放的连翘花插在屋里。

今天天有点灰蒙蒙的，据说有雨，我希望在雨来临之前干一小时的户外活，至少给杜鹃花施点肥料。平淡无奇的语句充分表达了我呆滞的心境。我感觉像是播撒混杂的种子，无意中撒了些种子，却没有一个长了出来。我渴望重新生活在想象的世界里，动手创作一本小说的念头在心里盘旋。过去几个月里，写一本小说的机会被耽搁了。也许这就是为什么好长一段时间里我有些抑郁的真正原因。我在享受生活，却缺少极大的热情。

4月9日，星期五

累死了。去俄克拉荷马大学待了三天，昨日回到家中。我感到有点疯狂，精神集中不起来，拖着散架的身体四下晃荡着。不管怎么说，这时节是新英格兰最难忍受的季节，“最无情的月份”不是指丁香花在盛开，而是因为它们尚未开放，而且，除了不多几枝迎春花之外，其他所有花也都没有开。眼前是一片灰冷的世界，我自己也感到寒冷衰老了。

外出所消耗的每一分精力最终自然会算到自己身

上——那些短时间内集中的演讲兼讲课以及高强度的社交生活需要相当的精力，与一百多张新面孔见面，每一个人都认为我们是老朋友，因为他们已读过了我的那些书。现在更糟的是下星期要去克拉克大学住一宿，那之后的另一个星期要去瓦萨及纽约——和卡罗尔相约一起吃晚饭算是我指望的一点安慰——如果我能办得到的话！

在俄克拉荷马所经历的有些意想不到，时间过得非常愉快，或者说是体验了各种各样的愉悦。出乎我预料的是所见到的都那么风格独特，新颖别致……刚到的头一天晚上，我被带去参观一个小巧玲珑的花园，花园的每个角落都长满草莓，深紫色的蝴蝶花此一丛彼一丛的，园里有许多点缀性的树木。吉姆·约克是位极有教养的年轻人，多才多艺（他的专业是文艺复兴时期的文学，他让班里的所有学生都排演莎士比亚剧目）。他待人接物相当敏感，那敏感的程度非常少见。

我不感到惊奇却被深深打动的是那开阔的耕田，广阔的天空……我在那逗留的时间里，空气像清凉的白酒一样清新醉人。整个城镇风貌也令人耳目一新。住宅很少有楼房，多是平房，城镇是水平的，房屋周围树木环绕。我很喜欢节奏的改变，人们说话慢条斯理，旅店餐馆应承顾客不慌不忙。只有我有压力，从这一间教室跑到那一间教室，东一处西一处地与人碰头吃午餐，看着学生们闲躺或坐在草地上，心里非常羡慕。

想不到的是竟然遇到了那么一群充满热情的年轻女导师及研究生们，她们对《独居日记》《斯蒂文斯夫人听见美人鱼唱歌》及《今日留恋》理解得是那么深。前来听诗歌朗诵的学生不算太多，但第二天两小时的讨论会却是男的女的济济一堂，他们在课程安排的许可下前来参加讨论。这是我从未经历过的一次最好的讨论会。这些人对妇女解放运动表现出极为真诚的热心（艾德丽安娜·里奇今年去过那里），这份热心说明他们想使自己的生活沿着一条理想的轨道行进，作为个人，尽量发展自己，同时也要结婚育子。他们都很实际，这就是说，他们不能主观武断，不能仅仅停留在理论上。能与他们一起探讨，给予帮助，心里觉得很有收获，这之前，我独自一人苦苦摸索的这一切，此刻终于传播开来，而且将会很有意义。

热烈的讨论、悦耳的赞誉（真想不到竟有那么多人读过我的作品！）自然是创作的一个极端。外出演讲、朗读回来后，觉得在外经历的那部分很快都消耗殆尽了，空虚、有点异样地感到孤独——像一个产妇生了孩子后感到浑身软弱无力。

4月10日，星期六

昨天几乎什么也没有做成，只带着布兰波和塔玛斯到树林里好好地散了散步。树林里，溪水在奔流，雪融化后汇入溪水，溪水上涨，只有这溪流在标志着节奏的变化，预示着即将来临的春天的活力。

《纽约时报》中有一篇对约翰·霍尔·惠洛克[1]的报道，报道他在一所文学艺术学院特别庆祝活动中朗读诗歌。他九十岁了，使我感受很深的是他说了这么一段话："随着生活的延续，生活会变得越来越密集，因为有那么多的交往，那么多对往事的回忆。那么多你所爱的人去了。生活几乎变成了两个世界，死去的和活着的，你生活在两者之间。"

难道生活真是随着年龄的增长变得越来越密集？我的感觉是我生活的密集程度大不如前。我几乎每天早晨醒来后（早晨五点醒来，因为塔玛斯看到天亮就要出去，一直吠个不停）都在想着点什么，想到某人、某事，有时某件极小的、早已忘却的事情会在记忆的潮汐中美好地呈现出来。我的确过着两种生活，过去和现在，有时过去会远远比现在更生动鲜明。惠洛克对他妻子费丽斯一直充满激情地爱着，真令人感动！在他新作的几首诗中有一首他是这样描绘初见她时的情景的，以她从大海中走来为开头，"漆黑的眼睛从冰雪般的大海中涌出，你来了"……

1　约翰·霍尔·惠洛克（1886—1978），美国诗人。

4月12日，星期一

蔚蓝的大海明净、闪亮，但昨晚从加拿大急速涌来一股寒流，冷风刺骨，今天早晨温度是十八度。雪花飘落在地上，景象凄凉。

今天上午刺骨的寒风依旧呼啸不止。我终于感到元气在静脉中上升——小说开始有了轮廓。关键是不能催促，要让它自生自发，这萌芽也许成活，也许不成活。我在苦苦思索着主人公的名字。一旦有了名字，角色会自然成型。此刻小说表露的均是我去年经验的积累——朱利安的去世，以及有关朱利安的问题，“他是谁？”在我心头已萦绕有好多个月；再就是从朱迪旧居搬运回东西，寻找往日信件等；最主要的是圣诞节前那段时间里，我内心恐惧，担心我会时日无多，因而不由激动起来，被一种死也要死得像个样子的冲动推动着。听起来有些荒诞不经，但对那时的我来说，要死的心理状态也许最终激发了我创作的热情。

昨日被一位不速之客搞得实在是烦扰不堪。大约一点半时，我在床上睡着，从俄克拉荷马回来后，这还是第一次完全地放松休闲。

塔玛斯卧在床的一边，布兰波打着呼噜蜷缩在另一边……十分安宁。我刚刚睡着，就见布兰波闪电般地蹿起，跳至窗前，接着我听到汽车驶进车道的声音。塔玛斯开始狂吠。我起身注视那辆汽车，它转了个圈开走了。有时候，人们出于好奇，想开车进来，这种时候我总有些不放心，也许他们四下窥看，企图在别的时间里入室行窃？我返回床上躺了下来，几分钟后汽车又折了回来，停在种着东西的地里。我打开窗户喊道：“你找谁？”“我在找梅·萨藤，我是B的朋友。”“你的车轧了水仙花。”我说道，突然间我有些怒不可遏，此人不仅贸然闯入，而且如此粗鲁无礼，“我就是梅·萨藤。”

当这人进来时，我尽量以礼相待，端上了咖啡，可心里却不舒服，像一只猫被抚摸错了地方。我有种被人“破门而入”的感觉。像以往一样，借口无非是来不及打招呼，不知道什么时候才能再来这里，来这里主要是完成拍照任务等（我记得她是这样说的），这些借口历来都是一样的。皆因对闯入者方便，所以他们便闯入了。我希望这种时候有位仆役，一位面目可憎的仆役，打开门后说：“很遗憾，萨藤女士不能见你。”正因为我没有这样的仆役，得自己出面应付，我很不客气。这一次，来人恼羞成怒地离去了……其结果是我自己心烦意乱，怒火填胸。

这件事以后，我心绪很坏，什么也做不成，回去睡又不可能，所以起来了，整理整理那些从朱迪旧居取回来的满是灰尘的书籍。这不是什么开心的活儿，但无疑最后还得要做。眼下做这活儿就像希腊神话里的西绪福斯推巨石一样，没完没了。最后在四点时，我决定去看雷蒙德，确认一下他是否能在星期三照看塔玛斯，带它出去遛弯。坐在他们的客厅，感觉安宁怡然，客厅里常常摆满非洲紫罗兰及其他植物，是他姐姐薇奥拉种的，门前围着几只品种奇特的猫，大睁着圆溜溜的眼睛，期待着有东西吃。我们畅聊了一阵，回来后心境又一次恢复了平和安宁。雷蒙德的母亲明天就九十六岁了。三张美好的面孔充满了同情心和幽默感，带给我安慰。我感到安慰是因为觉得我们能彼此理解。

4月19日，星期一

我们正遭遇一股突如其来的热浪……昨天波士顿气温高达九十度。复活节时，我在烈日炎炎下开车去康科德和朱迪一家团聚吃饭，给朱迪带去一篮子巧克力蛋、一小把由番红花、棉枣儿扎成的花束，中间夹着四莛齿。费丽斯和蒂米很善于组织安排家人聚会，大家在一起觉得随意自在。我很喜欢自己是其中的一员，这些人年龄从八岁到八十岁不等。

4月25日，星期日

从克拉克大学回来的路上停下来去看了看朱迪，带她出去吃午饭……我们沿“陋桥”愉快地散步，一直走到那幢大宅前，那房子已由市镇接管，我很想看看那布局别致的花坛里盛开的花卉。还不到花开时节，但“柳叶纯明如酒”。现在是欣赏初春新叶的最佳时刻——“美极了。”朱迪喃喃自语道，每当看到这些新叶，她总这样情不自禁地喃喃自语。一股巨大的暖流涌上心头，真不想离开她。“你走后我会非常孤独”。当我道别亲吻她时她这样说道。这还是我第一次听到她这样说。

这期间热浪持续了一段时间，今天听到雨点声真是太好了……美美下了一场雨后，万物将会发芽生长。昨日我带着“克里斯”散步，玛丽妮娅总称呼她的宠物为“克里斯”，看到五叶银莲花已长出。鸟食槽边又是百鸟成群。金翅雀依旧是金色，紫雀又飞回来了，不幸的是黑羽椋鸟、牛鹂以及燕八哥也成了常客。

我处在纷乱的旋风中，星期五回来后，不仅邮件堆积如山，而且其中有《世界之光》的最后校稿，要我在后天就把它寄回去。这不可能，但我希望在大后天把它寄出去。明天我要去达勒姆参加老年人旅馆理事会会议。这过去几个月来，我一直忙得团团转，天知道我什么时候才能从这过山车上下来！邮件中有一棵玫瑰苗，尽管校稿在等着我校阅，我昨天先把这棵苗种了下去，活着的东西可不能等。

4月28日，星期三

玛丽-莉昨晚提醒我四月二十七日是我搬到此地的纪念日！三年过去了，这三年是我最幸福的三年。我永远不会忘记搬到这里的头一天晚上，四月二十六日晚上，塔玛斯、布兰波和我在书房里的长沙发上睡了一夜，房子里空荡荡的(家具第二天才能运来)，外面东北风呼啸着。让我高兴的是，我让那只猫跟着塔玛斯到外面去，它还真的回来了(有人告诉我要把它关在屋内三天)。结果它睡在了塔玛斯的床上，那是它在新环境中的“安全毯”。

在瓦萨时，热浪开始减退，但天气依旧风和日丽，校园里到处鲜花绽放，山茱萸及其他各种花丛树木绚丽多姿。尽管我有四十一年没有回过那里(简直有点不可相信！)，但仍觉得一切还是那么熟悉。那时我二十三岁，想尽办法要使当时的学徒剧院生存下去。正好那时我们有一次预演的机会，当时演的是什么，我一点也不记得了。这一次使我心动决定前去演讲的是心理学系的安妮·康斯坦丁·欧珀(她在讲义中采用了我的《小屋》和《斯蒂文斯夫人听见美人鱼唱歌》)，英文系对我热情友好。事实上，我在那里过得非常愉快，那是我从二月以来似乎无止境的连续演讲的美好的最后一站。所到之处，遇到的都是热烈的讨论，讨论有关妇女及妇女的生活……诗歌朗诵后的翌日上午，安妮·C.组织了一场长时间的讨论会。她选用了我的一句话，“为我父亲取得的成就表示敬意”，近来人们很少听到这样的话了。我在想，为什么会这样？我们对自尊及怎样获得自尊进行了长时间的讨论。这对我来说是一个重复的话题，难道一个人不是通过做他认为值得尊敬的事情来获得自尊吗？难道自尊是通过自省来取得的？叫人高兴的是现在人们对好多看法都接受了，人们可以开诚布公地谈论女人之间可以相互给予什么，谈论作为一个女人的女诗人缪斯(斯蒂文斯夫人)等等。妇女解放运动已大大地扭转了人们的看法。然而所有这一切又都归结于一个问题上，什么是做女人，我们女人又都是怎样在与男人的关系方面依旧沿袭陈规——那种根深蒂固的区别。

在一幢雅致的住宅里吃午餐，房子坐落在陡峭的斜坡上，看上去像是坐落在树顶上，我们就男女之间的挑衅心理争论得相当热烈。女主人(她是英文系的系主任)的丈夫丹尼尔先生似乎认为女人方面的挑衅程度和男人方面没有什么两样。但总体上说无疑是丈夫动手在打妻子。总的来讲，是男人在残酷折磨其他的男人和女人(那天上午《纽约时报》上有一篇关于伊朗有人被酷刑折磨的报道)，尽管不时有些例外——在德国纳粹集中营里，我们知道纳粹女人和纳粹男人一样凶狠残忍。从总体上来说，是男人喜欢残酷的竞争挑衅。女人不也同样残酷无情吗？我被委婉地挑衅着，到最后我不得不反驳道："男人强奸女人，这你不得不承认！"

一位来自密西西比的年轻男孩一直坐在我右边，聚精会神地听着，这时他拍手发出低沉的掌声。后来他听说我第二天一早要乘火车去纽约，对我说他要来为我擦洗火车座位上的窗户，这样我可以看到河流。我当时以为他只不过是这样说说而已，却不料他真的来了，带着一把长海绵洗擦拖把，以及一瓶玻璃洗涤剂！我从来也没有经历过这样美好的送行……我感到自己像是一位女王。

火车在薄雾缭绕中行进，感觉好像在梦境中。峰峦上云雾笼罩，瞧上去好似中国的山水画。一路上山林野地里山茱萸开得优雅壮观。（我在这里种的那两株会开吗？抑或是在四月寒流中夭折了？）岸边维多利亚式城镇，虽因年久失修，显得有点荒凉，但却极富韵味，叫人心驰神往。我很想下车住进冷泉镇，那里一幢废弃的砖房，风格独特，非常适合我。

某种程度上，整个外出旅行都是在过去回忆中的旅行——四十年前与自己的剧团在瓦萨。在那儿的最后一晚上，与查尔斯·皮尔斯以及他的妻子芭芭拉一起度过，谈到他的教母格雷丝·艾略特·达德利姑姑，以及她在瓦弗勒住的房子，在《世界之光》里我描述了那所房子。在写她的那章里，我不得不尽量压缩对她婚姻生活的描写。她去世后，查尔斯和芭芭拉搬到了图卢兹定居，能与深为她的为人处世所感动人谈谈她的婚姻生活感觉非常好。我觉得格雷丝要是能看到我们在那里，在小皮尔斯漂亮的住宅里我们三人一道热烈地谈论她，她一定会非常高兴的。

那算是对过去的一种回忆，另外翌日沿哈德逊河之行又使我生动地记起了在扬克斯附近的比克兰兹家的大房子，房子坐落在一处高耸的悬崖上，俯瞰哈德逊河。我们最初看到的美国首先就是那条河。

引起对过去回想的最后一站是当地国际俱乐部，那记忆却并不怎么愉快（卡罗尔出于好意建议我们去那里），六年前玛丽妮娅·法纳姆以为她永远地离开了新罕布什尔，她和我一起到了那里，结果非常狼狈，自那以后我还是第一次回去。也就在那次一道旅行中我才发现她脑子有点不大清楚，可那时已来不及了。我们到了那里，她行李中根本没有任何可换的鞋子（她脚上穿着一双雪地靴……而那时已是三月）。很显然她只是把衣橱里的所有什物扔进了一只行李箱，另外一只箱子里装着几样摆设之物！那时我觉得恐慌不安，非常别扭，最后不得不让她一人待在那儿，自己返回了家。接下来的几个月，她拖着她那条小猎狗，上下火车，全国各地东游西逛，到了佛罗里达、明尼苏达，最后返回了新罕布什尔，我为她担心，忧心如焚得竟然也有点像精神病似的。可那还不是悲剧的结尾，比那更糟的还在后头呢。

和卡罗尔亲密的长谈驱散了心中不快，感觉好多了。

我和卡罗尔已有一年未见面。晚餐时我们打开一瓶宝丽白葡萄酒，总算尽情地谈了个够。听到她和吉姆今年冬天要搬到剑桥去，我非常高兴，这下我可以时常去看望他们了。现在我生活中像他们一样受我仰慕的人已为数不多，从他们那里我学到了那么多的东西。我仰慕卡罗尔的是她的冷静……她生活超然幽默，处理事情却敏感至极，每次见她，她总会使我的内心又找回了平衡，又成了我自己。真是一位了不起的人！

现在该回到现实中来，回到眼前的书桌上来了。书桌上信件堆积得可怕，玛丽·托泽送给我的生日礼物——一丛玫瑰需要赶快种下去，现实生活又恢复了，又回到了我的生活中来。

4月29日，星期四

坐在床上吃早餐，眺望着窗外，在我和大海之间树叶屏障逐渐地变得越来越浓密，海水此刻起伏不停，撞碎在岩石上，向东涌去。枫树开花了，透过黄绿的枫树，我仍然能看到大海；很快这些枫树就会变成绿荫，大海会被遮住，好似在休息度假，要等到十一月时才会露面。但我不久就可以把卧室通向露台的门打开，朝外放眼望去，一览树梢，不时会看见一只刺嘴莺掠过，而且几乎可以常常听到歌雀在树梢婉转啁鸣。

在纽约时有两件事情我要记下来。坐火车一路沿哈德逊河似天堂般美好的旅行后，在俱乐部登了记，随后我顺着莱克星顿大街到布鲁明戴尔商场想买几件夏天穿的短裤及外套什么的……像往常一样彻底绝望，原因是我衣服尺寸是十八号或二十号。我从这层楼被打发到那层楼，每层楼听到的都一样："哦，女士，我们没有那型号，我们只有八号到十六号。到三楼去找找看……"最后好不容易在一层不起眼的、土里土气的楼上买了两三件衣服：两件衬衣，一条在花园干活时穿的价钱很贵的牛仔裤。与此同时，上上下下在电梯上看到三分之二的妇女显然都不是穿什么十六号衣服的！为什么我们横躺在那，任时尚任意宰割、羞辱我们？我在想，肥豹党人（借用灰豹党[1]人一词）不妨发起一场运动——高举大大的海报，上面一边是瘦骨伶仃，看上去神色不安、形同百岁的老女人，在她旁边则是丰腴圆润、面颊绯红的愉快的女人，不妨以这样的方式开始。

1 灰豹党，美国老年人保护组织。

4月30日，星期五

今天格外美好……真正完美的春日，海水温柔蔚蓝，无风无浪。我一定得把上周去纽约的另外一次经历记载下来。在布鲁明戴尔商场失意地买完衣服后，因当时正下雷阵雨，我走进了一家法国小餐馆，看着一本刚买到手的书——想不到是一本很好的书——海伦·贝温顿的《六十几岁时的日记》。餐馆里很拥挤；我的桌子正对着门；我一边呷着饮料，等待我点的鱼排，一边可以观察走进来的人们。那时我意识到，坐在那里，不是迫不及待地在等待“某一个人”，而是消闲自在、无牵无挂、心里没有一点忐忑，那感觉非常美好。结果在那儿的一小时让我觉得好像是在度着一天美好的假日，怡然自得，非常享受。

5月3日，星期一

我六十四岁的生日，过得特别美好。不到五点就醒来了，布兰波发出很大的呼噜声，我静静地躺了一会儿，倾听着大海轻柔的叹息。外面雾很浓。塔玛斯舔舔我的手，示意我该起来了。我起身下了床，正好瞥见紫雀以及金翅雀围着鸟食槽在啄食。在床上吃早餐时打开了布卢送的生日礼物，是为外出旅行时以防万一用的针线盒，她想得真周到。吃过早餐后又打开玛丽的礼物，玛丽总是把我宠得有点过分，现在她是唯一一个能想到一家人之间应该送什么样礼物的人……这一次是浅蓝的床单被罩，一条淡蓝的毯子。李、布卢、劳丽、玛丽-莉以及瑞娜分别都在九点前打电话过来。然而，尽管有这些好友，泪水突然之间涌上了眼眶，我想到了我母亲。半夜时，我曾做了一个奇怪又可怕的梦，梦见我出生、挣扎以及充满恐惧。此刻我很难捕捉梦的具体情形，但我知道我梦见了翁德尔海姆[1]，梦中置身在了那种气氛里。欢乐与悲哀同在。难道两者一定得相伴相随？

这个生日过得很愉快，我觉得自己今年比以往任何时候更成为自己。星期六得知我又要获得一个荣誉学位，这一次是由新罕布什尔大学授予的。这可真有意思。对于一个只上过高中的人来说，这荣誉难免含有一点恶作剧式的揶揄："我是自学成才的。"

也许我感到幸福的最重要的原因是我学会了不再跟自己过不去——"她叮嘱我生活要悠闲从容，就像青草长在坝堰上。"我变得沉静，对自己更有信心。这并不是说所有的问题都解决了，只是冲突不再那么具有摧毁性罢了。我在想

1 翁德尔海姆，曾经是比利时东佛兰德省的小村庄，现为根特市的一个区。翁德尔海姆是梅·萨藤的出生地。

艺术与生活的冲突，自然……那是永远不可能解决的。但我开始趋向于做力所能及的事情，能回信时就回信，做不到的情况下也不再感到那么内疚了。也许我感到幸福的另外一个原因是我前些时候担心自己再也写不出一部小说的恐惧心理不再影响我了，我很清楚最近两年里我要做些什么。

昨天种了些甜豌豆，一些不同阶段成熟的混合小红萝卜，一盒勿忘我，还在平台上种下一大株白色瑞士三色堇。瞧着一大片已经耕耘就绪的土地，我不知道什么时候才能做完播种活计，这个月以来，几乎每隔一天就会有客人来。出于兴趣，我决定试着种些土豆。

星期六一天的大部分时间是带吉尔到朴茨茅斯去吃午饭。她今年二十三岁，对生活充满了希望。我对她很尊重，很尊重她以自己是一个犹太人为荣的强烈情感（她只身一人到以色列待了一年）。但我同时也感觉到她在那相互之间关系如此密切的犹太人圈子里长大是多么危险，出了那圈子，一个人好似外星人一样。她在新罕布什尔大学读书，那里碰巧几乎没有什么犹太教授或学生。我想当初她一定觉得像是到了异国一样感到陌生。她是那样坦率天真，充满爱心，非犹太人社会的冲击力使她很受震动，她对我很坦诚，也许我能帮她一些忙，她也知道我是同情她的。

知道她对职业创作怀有幻想（她有教学奖学金，所以有时间写作），我心里不由一阵刺痛。一个人得相信天资是要不断努力培养和施展发挥的，天资也是一株植物。在吉尔这样的年纪，如果没有足够的养分、阳光和精心的照料，这天资很可能就萎缩了。天资需要培养则意味着每天不停地辛勤耕耘。在二十三岁这个年龄一年写一两个故事没有什么意义。才能的成长在于运用,如果不用则会萎缩。填补希望的现实鸿沟是很痛苦的,但迟早不得不这样。事实上,数百万年轻人都想从事写作,可他们梦想的是出版,常常忽略了长年累月的辛勤耕耘,这耕耘是取得最后成果的必经之路——除此外,还得有运气。我们很容易把运气忘在一边。

5月4日,星期四

虽说昨天天气有些反常,但整个一天都很美好。朱迪和费丽斯到达时雾气迷蒙,我们穿过潮湿的草地去欣赏水仙花,然后又走下去看海,每每看到大浪涌来,卷起白沫,朱迪便激动欢喜地发出惊叹。但在他们走后,突然之间,一阵刺冷的寒风刮来,由于我卧室的窗户微微地开着,狂风袭了进来,整个楼下冷飕飕的,令人胆战心惊。接着雷声大作,下起猛烈冰冷的阵雨,接着是倾盆大雨,最后终于在海蒂进来的时候这阵暴风雨过去了。海蒂带来一篮子鲜艳的粉红色天竺葵以及香雪球,我们也穿过湿乎乎的野地到了海边。(后来,据新闻报道,科学家认为这是四十年来我们所遇到的最恶劣的天气,欧洲、亚洲干旱成灾，天知道还有其他什么地方！）。

不管怎样，这个生日过得格外安详美好，是我记忆中最愉快的一个生日……穆里尔·鲁凯泽[1]打来电话，尤金妮亚（竟然从伦敦打来电话！）和查尔斯·菲尔德斯坦都打来电话祝贺。结果我对每一个人都说道："六十四岁是我有生以来最佳的年纪。"我感觉确实是这样。

早晨六点左右，吃过早饭在床上躺着时想起忘了记下几件小事情，这些小事情使我相当开心，使我觉得在此地的生活天堂般美好……比如说，肥沃的绿草中点缀着白色和蓝色的紫罗兰；树林里五叶银莲花明丽夺目；昨天看到一只菲比鸟；将近傍晚时，起初我看到海面上像是什么海上怪物向前滑翔过来，原来是一群绒鸭！

海伦·贝温顿的《六十几岁时的日记》很适合茶余饭后消闲时随手翻看。书中我发现有蒙田列出的记忆衰退的几条好处：

1. 不再擅于撒谎了。

2. 不能再讲长故事了。

3. 不再记仇了。

4. 对已去过的地方和已读过的书又重新开始充满了喜悦。

1　穆里尔·鲁凯泽（1913—1980），美国诗人、政治活动家。

5月6日，星期四

真正过生日是昨天，安妮和芭芭拉来此地庆祝一年一度安妮和我的生日——我俩的生日很接近——风和日丽，看上去一切都是那么令人心醉神迷，水仙花在傍晚余晖的映照下高声吟唱，大片的郁金香也在亭亭舒展。她们给我带来了凤凰石雕，是我托芭芭拉帮我凿刻的……贝弗莉过来给石雕拍照，雷蒙德也来帮忙把它从一处抬到另一处的一棵紫杉树下，最后我们选择了一处有遮蔽的地方，那里石雕仍然可以受到阳光不同角度的照射。今天一大早，朝阳升起，阳光倾泻在凤凰的双翅上，火焰般地明丽……真令人激动！和我想象中的一模一样，它在表达一种意象，凤凰从火焰中升起，坚硬的翅膀向上突出。"我的梦幻最美最富有深意，守卫吧，守卫。"

我们围着凤凰石雕站着，欣赏了片刻，安妮和芭芭拉开车把长钢柱拉进来，撑起石雕，之后我们在露台上坐下来呷杯饮料……好长时间了这还是第一次一连几天这么暖和。一只鹪鹩不停地鸣唱着。突然间我们瞧见两对燕子在田野里绕来绕去——它们飞回来了。

末了我们觉得有点凉飕飕的，回到书房里围着壁炉坐下来聊着，炉上煮着螃蟹。最为惬意的是我们长时间安静地聊着，谈到了我们的生活，以及我们现在各自都在做些什么。

今天早晨醒来，心里想着写首《痊愈》，我朋友（只是笔友）身患癌症，浑身疼痛难忍。她一直在进行放射治疗，每天只能在椅子里坐一个小时。“在疼痛中强烈地体验着活着的世界。”她这样说道。我想寻找些合适的词句写给她，今天早上我得把这件事情做了。

5月7日，星期五

从我的三楼窗口望水仙花最美……从这里我可以一览全景，不规则的花环环绕着礁石和丛丛灌木，几乎围成了一个整圈，随路边延伸密布的是行行洁白无瑕的水仙花……在这日灰蒙蒙的天空下显得异常夺目。

昨日带着塔玛斯和布兰波悠闲地穿过树林，我们走得很慢，因为塔玛斯有点瘸（我没有发现尖刺或石子什么的，找不出什么原因来），而且头顶树梢上有许多鸟在鸣唱，我得停下来聆听，想确定一下啾鸣声是从什么地方传出的。昨天我瞧见一只黑白相间的林莺和一只画眉，听到鹪鹩和绿鹃在鸣叫，但只闻其声，不见其影。两天前在取信开车回来的路上，见有只山鹬正在急急地啃啄什么东西吃，为不使它受惊动，我猛地煞住了车。很少见到这类胆怯的小鸟离得这么近，不畏惧人……小鸟可爱逗人，没有尾巴，长长的喙，眼睛长在头顶上！

下午在园圃里苦干了一阵，对半死不活的玫瑰花进行“治疗”，种植芭芭拉送给我的生日礼物白玫瑰，然后顺着露台边缘把作为生日礼物收到的所有花卉植物都栽了下去，其中有蓝雏菊，有安妮送给我的凤仙花，以及海蒂带来的天竺葵和香雪球。

5月9日，星期日

事情一直没完没了，很难安定下来。又一天开始了，大枫树上，一只黄鹂清亮地鸣唱着，我跑出去看看它在哪儿……再没有比那火焰般鲜丽的黄黑色更叫人兴奋激动的了。那之后，我一直不停地忙活着，洗早餐用具、整理床铺、剥豌豆、摆桌子、把坐垫放到露台上的椅子上、摘小香葱拌新土豆、焯煮洋葱，然后把煮得半熟的洋葱撒在烤肉上，放入烤箱里，做这些活计时随手采了些蓝白三色堇、长春花以及樱草，扎成了一小束摆在桌子中央。今天真是再美不过了，安妮·索普和阿格尼丝要来吃晚饭。一切都是那么明丽鲜亮，却又好景不长，这一切都会在刹那间过去。水仙花几乎已完全凋谢，各类果树开始吐艳。

昨日同样也是春光明媚，尽管还在刮着风，稍有点冷……我们在露台上坐了有半小时。对劳丽·阿姆斯特朗我突然有一股爱恋涌上心头，她不会在这个世界上再滞留多久了。她是那么刚强、充满活力，很难想象她已是相当高龄的人了。她丈夫本二十年前就去世了……这可能吗？他那深色的眼睛、优雅的身材依旧清晰可见，我仍然可以听到那开心的朗朗笑声，那是一种在知心好友面前尽情开怀的笑声。他们的婚姻属于一种完美的婚姻，很罕见的完美婚姻。劳丽的女儿朱蒂是第一次来我这里，她对这里的一切都饶有兴趣，甚至樱草花中间的五角星她都留意到了（要不是她告诉我，我还不知道呢）。

比尔寄钱到福斯特花店，让我挑选生日花卉，我用此钱买了一株白色的杜鹃花。我想用这株杜鹃花把那凋谢干枯的紫杉树遮掩住，安妮去年十月时帮我把那棵高大的紫杉修剪了一番，这样一来，那棵小紫杉不能与其抗争，逐渐凋谢枯萎，显得凌乱刺眼。

心里很感激比尔，把他最近寄给我的一封信翻了出来，信是在复活节写的，他说：

> 又一次不出我们所料，两年前你送给我的那棵杜鹃树如期开花了。我希望自己也能很快绽放，或许这是一种绮丽的幻觉？艺术是吊在驴子眼前的萝卜奖赏，我们在不停地疾走。坦率一点说，我工作中有了点突破，画室里一时间熠熠生

> 辉，驱走了心中绝望疑虑的阴影。我的确感到我好像在盘旋，在隐隐约约即将要显露出来的什么东西周围翱翔盘旋着。显露当然只来自我的工作，它绝不像脱衣女郎在观众前表演那般。

比尔是一位画家，我们常常在创作方面有很多同感；这令人惊讶。他所用的形容语句“在隐隐约约即将要显露出来的什么东西周围翱翔盘旋着”正是我这些日子以来的心理状态。而且正像他一样，我一直明白，如果给予充分的余地，这个东西会慢慢显露，如果不停地督促，结果反倒不怎么好。

5月10日，星期一

浅蓝色的大海上飘浮着轻柔的雾霭……雾霭底下的田野瞧上去绿莹莹的，小鸟在懒散地鸣唱，今天又将是五月风和日丽的一天。

我想回味一下昨天安妮·索普在这儿的情形。昨日真是难得的愉快，充满了温暖的阳光与爱，多少年来，早在我父母亲和她父母亲都还健在时，我们每每相聚都会是这样。像朱迪一样，她几乎完全生活在此时此刻，眼前的一切对她来说都是那么富有趣味。每观赏一朵花时，她都会像新生儿一样眼里充满了新奇的光芒。我们散步到海边去，后来又到了露台上，在躺椅里躺下来。她合上眼睛，倾听着大海冲刷礁石发出的温柔的咆哮声。我们吃午饭时，看到松鼠及小鸟在鸟食槽前啄食，在露台外的樱花树丛中（此刻花蕾都成了粉红色）戏耍扑腾，她完全忘记了吃饭，满心欢喜地观看着它们。当然，没有阿格尼丝·斯威夫特，没有她的精心照料与体贴周到，这一切都是不可能的。她是一只亲爱老羊的牧羊人，眼下这只老羊变得越来越像只小羊羔了。

每想起安妮，总想到她那高挑纤细的身段、在朗费罗家打网球以及在那里每年五一国际劳动节时跳民间舞蹈的情景，此刻却亲眼看见她颤颤巍巍、弯腰驼背、行动不便的样子。然而她自己无视这种变化，因为她生活在永恒的不变中。她那双蓝色的眼睛比以往更加晶莹透明，像往日一样，每当有什么使她深深激动时，那双眼睛里便会放射出灼灼的光芒。不是涌起泪水，而是增添了一种光亮，正是这一点使她显得格外不同。她的姐妹当中没有人有像她这样的眼睛。我也从未在其他任何地方见到过这样的眼睛。

春日伤情，因为花开不会长久。一定要抓住时光，及时采摘欣赏，不久一切都会消逝而去。眼下有那么多的朋友都已年逾八十，对我来说今年比往年更叫人伤感。

5月13日，星期四

今天出奇地明丽清晰……海水在闪烁。没有一丝风，今春以来，我第一次把走廊通向外面的门大敞开来，这样一来，可以直接从房间里看到大海。

今天早晨我读着荣格的作品，有这么一句："人过中年后，只有准备与生活同生共死的人才能保持旺盛的生命力。"我在想，这话对我来说是否意味着我得承认诗歌创作是有阶段性的，承认诗歌创作的阶段已经过去了。然而有时我觉得我处在边缘地带，一种觉察不到的、极为下意识的东西正在蠕动着，也许这下意识的东西会再次把那扇门打开。毫无疑问，过去一段时间，我自身的一部分绷得太紧，像一只紧握的拳头，迫切地想取得成就，此刻那拳头松了开来。这个月里，我只是"存在"，而不是"做事"——"做事"是指创作的结果，至少是针对写作而言。这时节让人开心的事情实在太多，"开心"我指的是种园子。它使我充满了喜悦之情。

5月16日，星期日

又是一个明丽柔美的春日……我欣喜若狂地注视着飞鸟，注视着它们陡然直飞穿过露台。每当看到某只鸟紧裹翅膀，像鱼雷似的在空中穿梭而过，心中不由一阵惊喜。那只形踪无定的黄鹂此刻到处飞扑，在枫树和苹果树花丛中跃来跳去。但我还是很难觅到它的影子。我很想念那只白喉麻雀……怎么还不见飞回来？晨鸽现在成了鸟食槽的常客，每次都有五六只聚在那里，一有响动，便发出一阵悦耳的呼呼声，起飞而去。眼下不是单鸟独行，而是百鸟成群，在空中，在树丛中，随处可见，让人喜不自禁。远处田野里，沙鸥发出了清晰的唧唧声。黄昏时刻，树上的燕子飞来飞去。有燕子优美地穿梭飞绕，天空显得令人陶醉，一切都是这般安详柔和。迷人的春日！

此刻丁香花盛开了，果树花几乎谢尽；地里仍然有一处处艳丽的白色和黄色水仙花，但也很快就会谢去。这一切真是来去匆匆，如梦幻一般。

昨日阿克顿盖茨学校的四个孩子以及他们的两位教师来这儿野餐。这些孩子今年八岁，自六岁读了《庞鸥》起，他们便开始写信给我，送我让我非常开心的礼物，我们已是老朋友了。他们的到来使这一天美极了。他们冲到海边礁石那里，脱掉帆布鞋，很快就投入到海边迷宫“寻宝”去了——找到了带有花纹或不带花纹的光滑石头、贝壳、活蜗牛（对此好不兴奋）。塔玛斯没看见过这些只比它高出一点的小家伙们，我担心它会有些紧张，可没过几分钟它便显得自在起来，不时地舔舔小家伙们的小手及光脚板。布兰波在我们林中散步时偶尔露了一下面，跑到我跟前，瞥见我后面跟着这么一大群人，便逃之夭夭了。那之后再没见到它！

孩子们对什么都很眼尖；克里斯瞅见了一株我从未见过的凤仙花（仍然是绿的）。他们很喜欢紫罗兰——开阔的田野里开得遍地都是。莫拉用两块石头及两根漂流的小木棒（当作爪子）做了一只小乌龟，到后来我们大家包括塔玛斯一起都被拍进了"宝丽来"一次成像的照片里。如此美好的一天！

这所学校无疑有些特别之处，这些孩子如此无拘无束，却又彬彬有礼，每个人都有那么多想要做的事情，作为个人，他们独立，与他人在一起时又相互照应。

在等他们回来时，我翻开了一本新书《埃德里安娜·莫尼叶书店的美好时光》，立刻被吸引住了。说来很难相信，那年我在巴黎住了整整一个冬天，在里昂大街上不知走过了多少次，却从未进过她的书店——"书籍爱好者之家"，也从未光顾过它对面的西尔威娅·比奇的"莎士比亚书店"。否则的话，我会在这两家书店里感到如鱼得水，这两处文学爱好者之家定会让我学到当时我想要了解的许多东西，甚至让我学到现在我都不知道的东西。这本书的扉页有埃德里安娜·莫尼叶对《在贝里公爵庄园的美好时光祈祷书》[1]的描述。读着它，不由得联想到在约克的时光和其中的描写是多么相似：

看着《在贝里公爵庄园的美好时光祈祷书》，我似乎在一块迷人的绿宝石中窥到了真正的法兰西：我们的土地，土地上衣冠楚楚的人们，人们虔诚的工作姿态，花枝招展的女人们，消闲时的喧闹，淙淙的流水、婆娑的树枝，渴望与爱，远处美丽的城堡，舒展的天空，身边的爱犬，我们的生活富有色彩，充满了希望，两者优美地交织在一起。

强烈的倾慕使泪水涌入了眼眶，这是很自然的。看到完美的东西，或是听到优美的声音总会让人有某种心弦的震动。目睹这些微型艺术杰作，难道心中不像有把激情的烈火在燃烧？这一切就像是一个聚焦镜一样，把空间所有的光线都汇在一起，形成一个强烈的点。这些杰作自身蕴含着强烈的情感，它们从各种各样的艺术作品中被精选出来，它们是艺术的珍品，是迷人的瑰宝。

读过这段后，每一个字都使我回味无穷。我可以逐字逐句地沉思——比如说，“渴望与爱”之间的对比。

1 《在贝里公爵庄园的美好时光祈祷书》是十五世纪初林堡兄弟受贝里公爵委托创作的绘画手抄本。

5月19日，星期三

狂风暴雨侵袭，我看到亭亭玉立的郁金香都被摧折了腰，几乎垂至地面，好不痛心。叫人灰心的是我只有这一天有点空闲，计划至少播种六排种子。这样猛烈的大雨，我甚至担心三天前种下去的微小的罂粟种子都会被冲走。

昨日看到一只红衣凤头鸟想挤入鸟食槽，鸟食槽被贪得无厌的白头翁、黑羽椋鸟以及牛鹂霸占着，我的一个朋友称这些鸟为“垃圾鸟”，它们设法把所有的小鸟都撵走。我种下了两株玫瑰花（是雷蒙德送给我的生日礼物），以及五棵天竺牡丹，又给风信子添加了肥料。事情接踵而来，有这么多的事情不仅要考虑，还要去做，真是忙得连气也喘不过来。

赫普一家前天来吃晚饭，我开车去买些生菜什么的做准备，回来的时候真是美妙至极——从科特瑞起，一路上高耸的栗树花开簇簇。还有比这更美的吗？是的，梓树要再过些日子才能看到。在南伯威克有棵梓树，我每年六月都要专程去看看。眼下正值栗树开花季节，这些树挺拔威严，白色的尖顶直入云霄。还有丁香树的花也在盛开……周围奇花异草如此之多，而这一天竟然被搞得什么也做不成，心中气恼。雨下了又下。

5月25日，星期二

寒冷不定的天气持续着，令人沮丧；每天晚上气温是四十度。我不得不说这样的天气使郁金香开花时间比往年延长了。有几株甚至刚刚绽开花朵。

凯瑟琳·贝克来这里度过了一个丰富滋润的周末。对我来说，再没有比一位画家待在这里更好的了……我星期天外出去新罕布什尔大学领取我的荣誉博士学位，她在此画了两幅水彩画。能让一位敏感的人独自在此欣赏探索周围美景，我心里非常的惬意；另外这一次回来时能有一位朋友倾听我在外经历的事情，也让人觉得非常美好。她在这儿的整个时间里，我们促膝长谈有关女艺术家的问题，正好这段时间里，我一直在看凯伦·伊莱亚斯-巴顿的博士论文：《美杜莎的女儿们——神话与诗歌中妇女意识的研究》。

在凯瑟琳身上，我看到了一位非常坚强的女人，一位嫁给艺术家、抚养两个小女孩（分别是十四岁半和十一岁）的女人。我意识到她在设法既成为一个能干的艺术家，也要做一个温柔的女人，努力集这两者于一身。因此，从某种程度上说，她是一位先驱者，像所有的先驱者一样，她所走的道路曲折坎坷，困难重重。她的幻想（表现在她的创作中）都是有关女人的，女人相互之间怀有热烈的情感。对她以及对我来说，女人是缪斯女神，但她却不想丢弃她的幻想——我越来越认识到她这样做是对的。她的雌雄同体反映在创作中，在作品中得到了解释。我也是这样，我越来越觉得，最好的女神是可望不可得的，最好的女神是私人神话中的女神。但这能在凯瑟琳身上维持多久？某种程度上，女艺术家会变得很实际，不得不面对现实生活。然后又会怎么样？眼下，一位心理学医生正在使这幻想付诸实践。她似乎认为这位心理学医生很博学（从我听到和从她身上感觉到），她每周去她那里一两次。

凯瑟琳的丈夫是位很有成就的艺术家，谨慎善思，不急于求成，每年出一幅大作品。他们俩都在教书，她是薪水收入很低的讲师，他是位全职教授。就目前情况来看，这种状况维持得还算可以，这是因为她一方面工作，一方面还在上学。但他曾说过："可不要太强了，否则我可要介意的。"她是他的支柱，他很依赖她。我敢肯定，爱幻想的女人是理想的爱人。凯瑟琳有一种渴望，渴望她的心灵能得到滋养。现在她好像成了三个人的母亲。他们雇了一个人时不时来家清理打扫，大卫喜欢做饭，所以两人轮着做饭；但其他家务都靠凯瑟琳去做。她告诉我，有一天，雇清洁工来打扫房间，她在自己房间里绘画，突然间她想到："原来这就是大卫的长期生活。"搞自己的绘画，让别人去清理房间，这对她来说好像是一种不同寻常的奢侈。

5月28日，星期五

这是个欢聚的月份，几乎每天都有客人来，园圃里百花吐艳，呈现出一派喜气洋洋的气氛。与此同时，我逐渐开始明白我的直觉应验了，预感中的生活开始了，生活中有很多的爱，却又没有爱，精力分散在这广泛众多的爱上，而不是一心集中在那强烈却又狭隘的、对某一个人的狂热的爱情上……这直觉在预示着一种新的幸福。幸福就在此，我拥抱着它，觉得富有而愉快。

6月2日，星期三

上周末去科尔比学院领取荣誉博士学位，住在查纳村里，和埃德·肯尼、苏西以及他们的两个孩子杰米和安妮度过了一晚上。安妮只有两岁，却已是个小妖女，知道用女性的魅力获得她想要的东西。杰米五岁，对人不像对玩具那么有兴趣。他对我给他带去的瓷青蛙非常喜爱，向我解释青蛙与癞蛤蟆之间的不同。那一晚我过得非常愉快。黄昏时刻，我们沿着环绕查纳村的查纳湖散步，丁香花在盛开，村里有许多精巧别致的小房子，使人幻想可以住在里面。

肯尼夫妇买了一幢旧房子，别具风格（对新英格兰来说），房后离路边有一百多码，房前是长长的草坪……开阔的空间及房子两边高大的树木使它看上去带有英国住宅的风格。苏西做了非常丰盛的晚餐，其中有鲑鱼，盛在一只鱼形盘子里，饭后我们一直畅谈到深夜。他们两个人都在教书，都搞写作，同时还要抚养两个小孩，可想而知他们的生活需要付出多么大的精力与时间。我很钦佩他们的勇气，我不由得又一次为这样的生活所付出的代价感到一阵揪心的疼痛，我不知道生活是否可以——尤其是苏西——允许她从事向往中的写作事业。如果说有什么“美丽的人”的话，不是什么杰奎琳·肯尼迪，而是这两位！

6月4日，星期五

前日在园圃里猛除了一阵草后，觉得身上有点不对劲。李·布莱尔要来吃晚饭，我洗了个澡，但整个身子都不由自主了，只好上床躺下。晚饭期间我好像坠入了云雾里。睡下后才觉得身上发烧，体温高达一百零二度。我想大概体力消耗殆尽最终表现了出来。昨日一整天都躺在床上，由李照顾着。有她在此真好，取信、把鸡汤端在我面前，还带塔玛斯出去遛弯，那沉静美好的身影使这房子充满了生气。

6月6日，星期日

我向李发牢骚说没有一个人想真正看看园圃。她回答得一点不错："你是为了自己才种园子的。"不错，我是为了自己才种的，可我也渴望与人分享，这就像作诗一样——也就是说，不管有没有人读我的诗，我仍然会写诗的，但我希望有人会去读。这园圃不是那么容易种的，因为大部分都在背阴处。过去在纳尔逊，每当邻居对我说"你那些园子"时，我总不由得感到好笑，这是因为花园有许多分界，隔成了许多小块土地。但在那里时，我的确在靠旧谷仓的那面墙有一处供人观赏的常年生花坛，这里常年生花坛是在露台底下，上上下下的根须及常春藤几乎把它裹了起来——"爬满青藤的台阶"，这是伊丽莎白·鲍恩一部作品的标题。迄今为止，我在这地方辛勤耕耘三年了，这其中一小时一小时流的血和汗，如果不是眼泪的话，是很少有人知道的。

难道我在这生命短促的事物上花费时间过多？春夏秋三季，我种园子要比写作勤奋，我想这看上去似乎有些不理智，但种园子实际上是在起一种平衡作用，它缓和消除了心中的焦虑紧张感，使我神志保持清醒。心明神清（加上花卉）才有意义。

种园子就像写诗一样是不能勉强的，也是不能以意志为转移的。意志所能做的，也是唯一能做的就是安排出时间来做它。年轻的诗人如果书出版不了便会立刻怨气冲天，不晓得什么是意志可以支配的，什么是意志不可以支配的。人不可以在一年，或者两年之内，使一棵牡丹树长到十二英尺，同样你也不能强迫编辑和出版人接受你的作品。人的意志所能做的就是为取得成功做必要的准备，一点一点地做起。我之所以想到此事是因为昨天读了一篇评论，是阿纳托尔·布洛雅德在《纽约时报》上为莱斯利·法珀的新书写的一篇评论。阿纳托尔头两段是这样写的：

> "企图用意志来做想象的工作。"叶芝以此来说明对生活的不正确的接近。我们所处的时代，他说道，是意志失调的时代。我们认为没有人能够超出我们有意识的意志范围。艾略特在说到诗人创作时曾有类似的说法。艾略特说，一个劣等诗人写诗时，不该有意识时他有意识，该有意识时他却没有意识。
>
> 法珀先生认为，企图用意志来支配意志所不能支配的东西是引起焦虑的缘由，这焦虑反过来又影响到我们其他方面的能力，到头来我们别无

其他，除了焦虑外还是焦虑，造成了双重的不安。
我们想用意志来支配的东西其中有幸福、创造、爱情、性欲以及永生不朽。

6月10日，星期四

天热了起来，园子里百花终于竞相怒放。露台底下的一株硕大的白罂粟今天第一次开花，两朵花并蒂开放，深黄色中点缀着橘黄色斑点。蝴蝶花一朵接一朵地相继绽开，每一朵都是那般高贵典雅。四株玫瑰花使门前整个走廊香飘四溢。昨日把最后二十二个秋海棠球茎栽种了下去，这些秋海棠自三月起我一直在地下室的灯光下培育着。雷蒙德过来把篱笆修剪了一番，至此，园子看上去终于像那么回事了……我满足地长舒了一口气。一个规整的园子看上去杂乱不堪实在让我感到难受别扭。

我一直打算把M.对他儿子的婚礼描述抄写下来，婚礼是在加拿大不列颠哥伦比亚省的一个印第安朋友家举行的。在婚礼仪式中，阿什的印第安名字为高鹰，新娘的印第安名字为舞月。M.是这样描写的：

在这庄严美好让人回顾往昔的时刻，我向你致意，高鹰——我们青春时欢乐与爱的结晶，我们的第一个孩子，子宫的开启者：某种意义上你是我们的希望之泉。你血管中奔流着和平、希望和力量，你在展翅翱翔，飞向你生命的旅程。当你高翔时，我意识到巴兹尔把你置于天空清晨时刻是多么正确。让我们永远记住这富有启迪的时刻吧。高鹰，我心爱的阿什，我们未来的希望，愿你生儿育女，抚养他们，也抚养那些需要你抚养的孩子。愿他们带给你幸福。高鹰，我向你致以敬意，你飞来了，飞进了我们的门槛，我们用爱簇拥着你。

使我留恋回味的是词语“子宫的开启者”……真是一种重大的意象。

三个荣誉博士学位的最后一个是在星期一授予的，前一天晚上是在院长雷诺家吃的晚饭，也许因为这是最后一个学位，我异常愉快。礼台是在一座柱式新古典主义大楼前的台阶上搭起来的，俯视着毕业班学生和参加典礼的人们，在这些人们的背后是高高的榆树，榆树后另外一座典雅的大楼。单是瞧瞧那些美好的榆树都会叫人精神振奋。然而最精彩的部分是钢琴演奏——玛丽露·威廉姆斯在台上弹着一架大钢琴，她也是来接受荣誉博士学位的，为了表示对授予院校的感激，她提出弹首钢琴曲，她的演奏美妙极了。她的容貌丝毫不显老，宽宽的黑脸盘上露出坚毅的神色，演奏时非常严峻，后来无意中又露出了笑容，脸上顿时放出光彩。她演奏的是自己作的曲子。在学位授予典礼上听到这样出色的爵士乐演奏，真是一种特别的享受。

此刻三个博士绶带——深红色和白色相间，很漂亮——搭在一把靠近创始人肖像的椅子上。希望他能为此感到骄傲。

6月13日，星期日

星期五去了剑桥，在奥莉维亚·康斯特布尔家住了一宿，第二天要参加凯伦的论文答辩会。气温高至九十度，尽管如此，我对剑桥又一次涌起了爱的深情。市内树木成荫，花园处处，古老的住宅宽敞舒适。去看安妮·索普时，走在克里格大街的人行道上，瞬间有一种回归故里的感觉。安妮住的地方叫笆舍。孩子们围着一个喷泉在玩耍，喷泉后边的住宅过去是丹蒙·罗斯的房子，我爱慕地瞧着那些高大的桐菊树、榆树、玫瑰树，安妮有棵郁金香树——我可真是从来没有见过。我像回到家里一样，当然是我的家了，我的整个童年时代都是在那里度过的。然而星期五那天剑桥却对我有一种奇特的魅力。

奥莉维亚的芒萨尔式屋顶住宅引起我心里强烈的震动——每一件东西，从我住的卧室里的书堆（过去是W. G.的）到老式的澡盆，没有一件东西不是那样美好，尤其是那感觉不到的微微简陋（却总是很优雅）的房间气氛，那不受约束的短腿猎狗们，为了防止它们跑到楼上及绘画室去，用一扇木制儿童栅栏拦了起来，还有那只虎斑大猫，这一切无不使我动心。如此富有品质的生活！

夜晚，气温终于降了下来。清晨我躺在床上，望着阳光照射在树叶上，心里非常愉悦。翌日上午，凯伦论文答辩讨论进行得相当热烈，好极了。

6月21日，星期一

天气湿热，无雨，令人开始觉得有些萎靡不振。幸好在这间顶层的屋里我花钱安装了一台空调，这就是说，有了它，我就可以写作了。去年夏天，我的汗水都流到了手稿上。

布鲁·詹金斯自星期五起就在这里，昨天我们沿海滨路愉快地散步（海风习习），路上野玫瑰馨香扑鼻。我们顺手掐了把月桂叶子，闻闻那甜蜜的野味，然后在不知何时起就在那里的椅子上坐下来（我想起了童年时在奥甘奎特度过的夏天），望着光滑似锦的海水在礁石岸边滚成柔和的花边褶子。催眠曲似的美好……我真想在那地方长时间地坐下去。

童年时，奥甘奎特对我很有吸引力，自一九一七年起，大约有十年光景，每年夏天露西·斯坦顿都把她拥有的只有一个房间的公寓租给我们。我们到古老的峰石旅馆去吃饭，所以那一个月时间对我母亲来说是真正在度假。我母亲和我父亲两人都喜欢游泳，那时我们总是沿着那条海滨路散步到礁石湾去，那些参差不齐的礁石从细软的白沙滩上矗立而出，极为迷人。我从来没有看到过其他地方有类似沙子礁石组合在一起的景象。在当地的图书馆里我搜寻着，把一本一本带着霉味、字体排印的密密麻麻的威弗利小说[1]全都借出来看，通常是爬到一棵松树上，别扭地坐在那里看书。我不知道为什么坐在树上看书竟然给人那么大的乐趣！这一定与返祖遗传基因有关，我依旧可以闻到那松树的松香，感觉到手指上黏黏糊糊的东西。这一切是那么逼真地浮现在眼前，以致当我看到那些老照片上，我父亲身穿僵硬的白领上衣，我母亲头戴大帽子、身着带有黑色长筒袜的游泳衣时，我才惊诧地意识到那是很久很久以前发生的事情了。

自从参加凯伦的论文答辩会后，我一直在对我们之间有关母女关系的对话思考着，她的论文题目是《美杜莎的女儿们——神话与诗歌中妇女意识的研究》。有关母女之

1 威弗利小说是苏格兰历史小说家沃尔特·司各特创作的系列小说。

间关系的主题在文学与心理学领域里还不曾见过有什么探讨——父女之间关系的探讨倒是有过，母子之间关系的探讨也有过；但母女之间的关系有过吗？现在在诗歌中出现过，安妮·萨克斯顿的诗歌中就有一首关于母女关系的，但多数情况下揭示的都是黑暗及纠缠不清的消极方面。对这一切我们肯定都在心里打过问号，凯伦的论著在这方面会有很大的帮助。她写的内容使我很感动，我把其中的一段抄下来：

> “母亲的伟大母性通常被认为具有控制性，甚至破坏性作用，其结果有时会使在成长发育中的孩子受到伤害。‘母亲’这黑暗的一面，也是美杜莎自己，在男性神话及心理学领域里被认作是女毒蛇、石头母亲、阉割的恐惧，这些恶势力必须彻底摧毁才能使男‘主人公’得以发展成熟。然而对女人们来说，美杜莎这个人物具有更为复杂的含义。‘母亲’，对男子来说，意味着他最终会留在身后的童年生活，对女子却预示着她最终必定要踏入继承的成年期。因此，母亲女儿之间的关系成了多面镜相互反射的迷宫，迷宫的困境会使女儿觉得难以逃脱。要想越出这纷扰难缠的困境，最重要的是我们，我们这些作为美杜莎的女儿们，不能毁灭她，而是要协助她，协助她找到富有创造性的母性力量的一面，这力量自古至今都是存在的。”

到牛顿市讨论凯伦的论文之前，有位朋友给我打电话，电话里这位朋友说道："你一定要再多写写你母亲。"我对此一直在不断地思考着。我总觉得我过去是在协助我母亲，她对我所有的创作有着重大的影响……似乎从某种程度上，我可以使我潜在的创造力得到充分施展，在我身上圆满地实现她从未能够实现的愿望。她不能实现自己的愿望是因为她结了婚，三十岁后她的创造力全都用在了丈夫女儿身上，从实际上（通过设计家具、服装及其他工作来挣钱养家）和抽象上讲，她用全部精力照顾着家里两个难缠、不易满足的人，她是这一家子的中流砥柱。通常说来，女儿总是和父亲有些亲近；而我却总是和我母亲有点亲近。现在我明白，我和我父亲是竞争对手，很多方面上讲，他也是她的孩子。

我不止一次地听到一位强势的母亲的女儿们极为尖刻地说道："我恨我母亲！"做女儿的被母亲对她的种种要求吞噬了，或者她得按照母亲要求的模式被塑造成人，或者无意识地受母亲的压力而失去了真正的自我。我却从来没有那种感觉。我觉得我母亲是我最亲密、最好的朋友，她对我是这样的，我对她也是如此。我和我母亲保持着长久良好的关系，其中只有那么一点瑕疵，她对我吐露了她婚姻生活的不顺，因此在我年纪还很轻的时候，我对我父亲的爱便中断了（尽管我对他一直都很尊敬），直到我母亲去世后我对他的爱才又恢复了，两个竞争对手终于变成了朋友，尽管我们从来没有成为亲密的朋友。我父亲会让我一直生气不已。我不记得我曾对我母亲生过什么气，原因是她能真正地理解人，即便她在挑剔批评，也不是没有理由的。而这一点是很重要的。我父亲批评人却不近人情，缺乏理智，某种方面是由于我令他失望而对我刻薄责怪。（“你为什么不结婚？”他冲我喊叫着，那时我二十七八岁，正在不顾一切地爱着一个女人。我冲过去，用拳头狠狠地捶他的胸脯，然后跑出了房间。）我母亲批评我是由于她理解我，懂得我的需要，而不是根据她自己的需要来批评我。她对我唯一有过的要求是要我成为真正的自己，尽管那意味着在我十七岁时，就决定离开家，充满风险地去开始我在剧院的生活。

7月3日，星期六

终于下了些雨，细润的雨接连下了两天。埃莉诺·布莱尔来此看了看。她觉得我好像给朦胧阴霾的世界抹上了一层迷人的色彩，绿色植物因湿润更显绿意，我们在一起度过的时光非常愉快。像她那样到我这里后喜欢细看一切的人没有几个，她对花卉尤其显示出浓厚的兴趣，她左顾右盼，整幢房子都因她的细心环视而显得富有生气，她什么都注意到了，我从朱迪原住处带回来的家具、新书、一幅画，以及在我生日那天劳丽送给我的那个蓝色搪瓷茶壶她都瞅见了。

她从未结过婚，却看不到她身上有什么“老处女”的怪癖，作为独身女人她是个很好的例子。今天早晨躺在床上，我想到了露西·斯坦顿，她也从未结过婚，也同样是一个充实满足的人，早在妇女解放运动之前她就已经在追求自我实现了。当然，她是搞艺术的，而埃莉诺却不是。老处女身上的某种怪癖是因为本人惧怕生活。

这些日子到一年生植物及菜地里干活觉得非常愉快。自从我搬到这里后，菜园里还是第一次看上去十分整洁，这是因为我采用了干草护根肥料。去年地里到处杂草丛生，厚厚的草把甜菜压得连一寸都长不到，为此心里十分难受。现在甜菜长势很旺盛。今晚贝弗莉和玛丽-莉来吃晚饭，我准备了凉鲑鱼，还要采些豌豆来吃。

玫瑰花开得绚烂夺目，更有甚者的是日本蝴蝶花，像只苍鹭一样清丽秀雅（瞧上去好像一只鸟，而不是一朵花）。楼下的花瓶里我插着一枝深紫色及白色的蝴蝶花，每次走过都叫我屏息赞赏。

7月5日，星期一

夏天田野里披着金色的深草，风吹过后，成了滚滚草浪。

树林里鹿蹄草长了出来，每根茎上缀满清晰细腻的花朵。记得在奥甘奎特时，露西·斯坦顿工作室周围长着这种花，是我童年时最先接触和喜爱的野花，它的特别之处是比树林中所有其他妩媚小花都要姗姗来迟。可一旦鹿蹄草长了出来，鹿虻也就随之而到！可怜的塔玛斯，脑袋上落满鹿虻，站在那里等我用羊齿草束给它扇撵，每走十秒钟它就要停下来，我们的散步简直成了受罪。布兰波跃至空中，用两爪拍击，企图赶跑鹿虻，然后钻进灌木丛里，拒绝再跟随我们向前迈进一步。

昨天是独立日两百周年纪念。一整天电视上都在播出激动人心的场面，摄影机不停地在全国各地摄取镜头，一次又一次地再现驶向哈德逊河流的大型帆船队……发起组织这活动的人为国家所做的要比其他任何政府组织的庆祝活动都要多，甚至包括放烟火，都要感人壮观得多。我从早晨八点就开始观看，之后在乔·尼尔森来吃午饭前上楼写了两三个小时的信。午饭我们吃的是凉鲑鱼和来自菜园的豌豆。很惬意能与他人一起分享午餐。沃特·克朗凯特[1]在一整天的马拉松直播中表现得极为出色。早晨八点钟时，他向观众传递了内心的喜悦，说道:“祝我们生日愉快！”听此，泪水不由得涌入了眼眶。电视上不停地展现出各个城市村镇庆祝的场面，那些镜头真让人激动，唯一令人泄气的是福特总统极其枯燥无味、满是陈词滥调的讲话，讲话语调单调死板，像往常一样结结巴巴。

这是一次人民对独立两百周年的真正庆祝，可惜的是

1 沃特·克朗凯特（1916—2009），美国新闻记者、主持人。

缺乏实际的组织领导，除了那些大型帆船队令人激动外，没有什么让人心灵震颤的场面。

偶尔电视上会播放一些小插曲，让人感到非常舒心。有一天晚上播出了这么一件事。在马萨诸塞州的某地方，有一家人收集了成吨重的食品，送给密西西比州一户缺衣少吃的人家。记者对帮助收集食品的三位漂亮小女孩提出以下问题："如果有人给你这么多的食物，你会觉得怎么样？""我会觉得不好意思。"其中一个小女孩说道。"我不知道，需要这么多食物，我会觉得有些害羞。"另一个说道。然后镜头推到了密西西比州，对准了坐在简陋小屋前的一位黑人老汉。"你对收到这么多食物有什么想法？"记者问道。老人抓挠着头皮，然后抬起头来微笑着。"我感到非常骄傲。"他说道。

自那以后，我一直在琢磨着那句话。多得体的回答！

7月8日，星期四

天气闷热。感觉精力不济，但昨晚在床上读《埃德里安娜·莫尼叶书店的美好时光》时却非常愉快，看书时一边不停地挥赶一只嗡嗡叫的小昆虫，起先我以为是跳蚤。布兰波外出了两天两夜后回来了，和我一起待在床上……这次我的确有些担心。昨天吃早餐时它走进来，径直朝塔玛斯走过去，让塔玛斯舔舐它。

遗憾的是这本书是用英文写的。其中有这么一段带给我极大的愉悦（197页）：

> 与科莱特吃午饭。结果将会怎么样？科莱特是一个很害怕被打搅的女人。就我而言，我最害怕去打搅别人——更不要说去打搅科莱特了。我喜欢带给别人欢愉，但我想象不出一个人如果不是一朵花卉、一只动物、一顿美味，或一种馨香、一种色彩或音乐的话，又怎么会使科莱特感到愉快。她生活的世界是人类存在之前和人类灭绝之后的世界：母系王国，原始之火和最终之焰。你梦想她能变成一只白猫，不必永远地死去，而是成为一个不朽的生灵，像埃及的神那样。

难道科莱特自己会认可接受那最后的形象？我想是不会的。我想她是不愿意让别人剥夺她的死亡的。她要拥有人生的全部，包括老年阶段（她写得最好的一本书是在她七八十岁时，腿因关节炎变瘸后创作的一本书）。但愿我能找到那些她最后写的书，《蓝灯笼》以及其他作品，重新再把它们读一遍。我一定得再把它们读一遍。

杰曼·拉法依尔要来吃午饭……她从未到过这里，很高兴终于有机会在此接待她。看到我屋里来自钱宁时期的家具，她一定会觉得宾至如归。她在哈佛大学读博士时曾为我父亲做过些事情，星期天常来我家吃晚饭。我父亲很喜欢她来做客。他对女人是很喜欢的。说来有些奇怪？我相信许多男人是不以为奇的。

7月10日，星期六

天空晴朗！五点半醒来时，感到像吮吸着清亮的泉水一样。所有的一切轮廓清清楚楚，淡蓝色的海水在地平线尽头有一圈深蓝的围线，就像我在希腊时看到的那样。一连有几个星期了，天气酷热难耐，这还是第一次这么清爽。

眼下一切都是这么快活无比……到一年生植物园圃里看到一切齐整有序，心里好不高兴。前一天，我把车库里工作台上的东西都整理一番，车库里放的都是种园子工具，肥料、手推车、尖铲子什么的。一大堆东西乱七八糟地堆在那里，让人难受。把这些杂物拾掇整齐会使人心里清净些——如果真是这样的话，为什么我竟允许自己把它搞得如此乱七八糟？我想大概是因为相比之下，人显得更重要一些，所以，我答复他人信件，而不是花时间来整理杂物。植物花卉也不例外，它们在默默地呼唤着水……所以，我告诫自己，也许在冬天我会把从朱迪原住处运回来的那些纸箱子解开，取出那些书来，再把那些文件整理整理，但对什么时候能把这些事情做完我却不抱什么乐观态度。

那一天，午饭后我躺下来想休息半小时，被嗡嗡乱叫不见其影的昆虫搞得心烦意乱，不得入睡，便躺在那里聆听夏季所有鸣禽之声来寻开心。树叶抖动着发出塔夫绸般的窸窣声；穿过树叶是大海温柔有节奏的波浪起伏的呼啸声；最为惊奇的是在下午两点时竟然有那么多的鸟在奏鸣。起初是一只鹪鹩的唧唧声；然后是嘲鸫声调不同的啁鸣曲；金翅雀飞过时发出了一阵甜甜的欢笑；知更鸟在警觉地叫着（布兰波一定在附近）；松鸦发出了夏季特有的声音（比冬天刺耳的尖叫声要温和多了）；最后是一群海鸥飞起，响亮地叫着。我在那儿躺了半小时，聆听着，起来后很有精神。

杰曼·拉法依尔，现在从韦尔斯利学院退休了，打算回法国待上一年，然后再决定在哪儿安定下来——在欧洲或者是在美国。我们的会面愉快、自在、美好，与她交谈使我不由得涌起对欧洲的思乡之情，思念那种只有在欧洲才有的友情。为何有此思乡之情？杰曼可能是我所见过的最为超脱飘逸的人。她看上去像十一世纪沙特尔主座教堂的石雕人物，冷艳俊美，只有当她在和动物，尤其是对一只猫说话时才散发出迷人的温暖。（只此一次，来访客人对带有野性的布兰波要比对人人都爱的塔玛斯更为欣赏！）如果她决定离开这里回法国去，我想她是不会因为这里有亲密的朋友而眷恋不舍的。最能打动她内心的是大自然。

7月13日，星期二

终于下雨了，多了一点时间，因为我不必再费时间去浇园子。昨天，冒雨到园子里摘了些甜菜叶子做晚饭，又摘了一小把法国草莓放入一块西瓜皮里，之后把一些小块花坛泥坯铺到了长着石楠竹的院墙上面。做这些活计之前，我把塔玛斯放进澡盆里给它洗了个澡，将近一年了它还没有洗过澡。我心里实在有些过意不去，等了这么长时间才给它洗澡，但它没有一点狗的气味，不管洗不洗澡，它身上的毛都很光滑柔亮。把它放到外面后，又被阵雨淋个透，身上甜甜的，晚上睡觉时还湿乎乎的。

好长时间了没有发脾气，星期天脾气爆发后，泪水横流，心里很空虚。自然，跟往常一样，我反应有些过火。为什么作家和艺术家总是被取笑，而同等位置的手艺人却从未被挖苦过？事情发生在海蒂的船上，经过一番短程游弋后，我们坐下来吃野餐，喝些饮料。船主加入了我们的行列；我比通常显得要热情一些，因我知道了很多有关他的事情，包括当时我们坐的那条坚固优雅的船，心里对他很钦佩。去的时候我带去了一盘炸鸡，告诉他我很钦佩他，在造船方面自己的无知，以及这条船带给我的快乐，等等。之后，不知怎么扯到了与文学有关的方面，我提到妇女解放运动大大地提高了我和我的作品被接受的程度。也许这是引起纷争的根源，他开始接着说到这些日子他所读过的东西实在没有什么价值。听此，我的反应是像匹被蜜蜂蜇了一下的马，冲他高声叫嚷，最后离开那里回到家中，一路上痛哭不止，几乎看不清前面的方向。荒唐可笑？当然荒唐可笑。然而假如我和他第一次见面，就对他这样说："周围这些船只可真造得粗糙不堪！"不会有人相信任何一个人会这样说话的，可这的确是他对当今作家下的结论。如果是我说了那样的话，他可能不会像我一样当场生气吵闹，其他客人则会向着他，替他辩护，而我则会被认为是一个无赖。

不同之处在哪里？也许手艺容易做而文学不易接近？因此难免有些怨恨，因为作家被认为有些"优越感"？难道在美国对知识分子的怨恨情绪总是随处可见吗？在这种时候我真想跑回到"古老的欧洲文明摇篮"那里去，正如列·高丽安曾经说过一样。毫无疑问，在一般欧洲人对艺术家和作家要比美国人尊敬多了。

不管怎样，与这次不顺心的遭遇相比，星期六我过得像在天堂一般美好，苏珊及乔治·加勒特来吃晚饭。我们坐在露台上喝些饮料，后来观望一轮奇大的、浅黄色月亮升起在前方海面上空。他们是"我的同类"，回到家来和他们又在一起很是惬意。

7月18日，星期日

很难做什么事情，只好凝望着明媚蔚蓝的大海。晚间空气变得凉爽起来，我甚至得盖上一条毯子，此刻是近些日子以来最好的天气。前天下雨，现在雨水退却汲干，马上就可以到园子里干活了。除草修剪也做得相当顺利。百合花绚丽盛开，在室内很有用，因为它有时两个星期都不败。

这星期每天都安排得满满的。玛丽·托泽来此参加民主党全国代表大会，在开会的两天内，我们设法抽出接近傍晚的时间舒心地坐在露台上，望着鸟儿在空中掠过，懒懒的帆船在蔚蓝的海上漂移。那日我们睡得很晚，目的是想听听卡特接受总统候选人提名的讲话，很高兴听到了他的讲话。上床后，我心里在想，卡特代表的是温和改革派，我曾在克拉克大学学位授予典礼致辞中提到过这一点。“纯朴”和“富有同情心”两个词是他经常提到的，这两个词自林肯以来很长时间内我们未曾在政府部门看见过。如果他入选，很难想象情况会怎么样——一种真正的新局面将会打开。

不知为什么新闻界仍然竭力对他冷嘲热讽，而不是给予赞扬。他独自一人历经周折得到提名，这件事本身就是一项很了不起的成就。这一次我对《华盛顿每周评论》很失望，尤其对皮特·利萨格很失望，他似乎对卡特颇为怀疑。

难道他真是好得不能令人相信？抑或是像萧伯纳所说的“真实得过分就不好了”？

然而有关卡特的一些事情确实令人感动。在他的家乡佐治亚州普兰斯镇，他母亲在六十八岁时随和平护卫队一起去了印度，在那待了两年。这件事本身很不寻常，尽管这可能只能发生在美国。假如我们国会和总统最终联合一心，相信事情会发生巨大的变化。

对“联合”一语有好多嘲笑，好像这是个不光彩的词汇。事实上这个词早在有政党代表大会前就出笼了，并不像许多评论家说的那样是强加的。比方说，卡特分别用一小时时间会见了妇女核心组织成员两次，这并不是把反对党推置于一边，而是表明了一种试图寻找多方面可能的调和态度。这正是政治家的本分。

共和党人从不提及内陆城市状况。这个问题是我们当前面临的至关重要的问题。我对蒙代尔[1]非常满意。现在马斯基[2]是“老牌政治家”了，我们需要的是新鲜血液，需要富有活力的年轻人来掌权。

1 沃尔特·蒙代尔（1928— ），美国政治家，在卡特任总统期间担任副总统。

2 埃德蒙·马斯基（1914—1996），美国政治家，曾在卡特政府任国务卿。

8月9日，星期一

长时间的间断，生活安排得满满的，近来没有时间去记录。眼下一连下了四天雨，气象台发出警告，新英格兰沿海地区今日午夜有飓风。我得把蜡烛、台灯、手电筒准备好，把露台上的桌椅板凳挪进来。坐在那里静候什么发生，觉得很怪异……这使我想起了一九三八年在剑桥目睹的情景，树木像羽毛似的被刮走，第二天布拉托大街上大树横躺竖卧，形象地说，瞧上去就像一场战后洗劫，死尸遍布街头。

从七月二十九日到八月四日我和朱迪去岛上进行每年一次的朝圣。在那儿的头三天很糟糕，一直在下雨……没有电，昏暗的天空使屋内跟夜晚一样黑乎乎的。朱迪格外地坐卧不安；我甚至不能在我的“工作室”里安静地写封信，三天三夜后，我实在有些忍不住了。然后到了星期一，太阳终于出来了，我们得以在海水泳池里游了两次泳，好极了，我很钦佩朱迪的勇气。第二次游泳时，她竟然在池里游了两个来回。

在安妮二十多年的统领下，小岛在走向衰亡，至少我们心里明白是这样的。眼下她也患了老年症，比朱迪还要糟糕。眼见我生活中赖以为靠山的两位女人一天天衰弱下去，觉得流沙在我脚底流逝，这实在不是一件容易的事情。

但即使岛屿在走向衰亡，它也是在柔和的光线中黯淡下去，因为安妮被爱簇拥着。两位大学生守候在她身边，帮她穿衣、洗脸、梳头，跟她打趣，带她外出散步，这样减轻了阿格尼丝每天的一些压力，使她可以腾出时间来料理岛上的事情。阿格尼丝是位不同寻常的人，她自己也将近七十岁了。但她选择完全献身于安妮，使安妮生活过得舒适一些。这是一份全日制工作，也只有她才能做到，因为她的确放弃了自我，把精力完全转移到照看安妮方面，也就是说她以安妮的欢乐为自己的欢乐。我们在那时，有很多麻烦事情都是由她出面料理。比如说，她把安妮在瓦萨的校友从西南港带来看安妮，让她和安妮一起待上几个小时。我从楼上下来时，她们正一起唱校歌，周围摊开着影集，是阿格尼丝前一天晚上把它们找出来的，其中有些是安妮在出演《大鼻子情圣》时的照片，看过她演出的人们依旧记得她那精彩的表演。那几天留给我的是对纯洁的爱的沉思。只有几乎完全放弃自己生活的人才能做到像阿格尼丝做的那样。我是绝不可能的。我的内心会在自己创作的责任感和对人的责任感之间分裂撕扯着。甚至在那儿的六天中内心深陷于沮丧之中。

与在绿岛的经历相比，昨天真是再好不过了，昨天苏西和埃德·肯尼带着他们的两个小孩来此待了一天，男孩杰米六岁，一个坚韧不拔的小探险家，从这房里房外到海边找到的东西，没有他不喜欢的，女孩安妮·莫罗三岁，是位大胆、花俏、相当聪明的小女孩。

孩子们下了车，高兴地冲过来让我拥抱亲吻，然后我让他们见塔玛斯，塔玛斯对小孩子们总是有点拘谨，继而和他们一起跑向草径，向大海奔去……之后他们和塔玛斯以及和他们一起来的学生辅导老师便跑得无影无踪了，过了一个多小时才又见到他们。回来时，他们雨衣的每个口袋都沉甸甸的，装满了光滑的石子和磨得圆圆的像网球一样的砖块。他们回来时，塔玛斯愉快至极，在图书房间里绕圈跑了几分钟以示它极度欢乐的心情。只有在高兴到极点时它才这样。

与此同时，苏西有机会和我聊起她最近去萨塞克斯大学的经历，她在那里挖掘有关弗吉尼亚·伍尔夫的资料，埃德提到了这段时间里他独自和孩子们生活了三个星期的情况。现在苏西回来了，这之前他们不止一次地提到了两人总不在一起的问题——我还没有去想小孩子们经常在眼前，父母难以有任何真正的交流，或者有内心接触的问题——这种情况使得冲突变得很尖锐。当然会是这样的。

就我而言，我很高兴能有机会和这些热切、有责任心，好奇、充满活力的人们在一起……我渴望见到这些孩子们，能让他们到这来玩玩，改变一下常规生活，我感到特别地快乐。不管付出的是什么样的代价，埃德和苏西都是很了不起的父母，他们爱孩子，给予孩子们自由，这让孩子们敢于冒险。经过那一天在海边寻宝后（吉米捡到了一根极好的有弯钩的拐杖，握在手中很合适），他们硬是要冒雨“林中散步”。埃德把莫罗放在肩头上，她的小脑袋在他头上一颠一颠的，吉米和塔玛斯跑在前头，我们每个人手中都拿着一把羊齿苋，扇打鹿虻。

8月10日，星期二

飓风没有刮到岸边来；它的线路偏移到我们的西面去了，在那里造成的损失比我们担心的要轻一些。一整夜狂风大作。今天依然如此，海水波澜起伏，冲撞着礁石，树木东倒西歪，无力地晃来晃去。我朝外望去，记起了法语箴言："这一切可以使我摇晃，却不能把我摧垮。"这条箴言曾作为座右铭伴随了我一段时间。那些粗大的树枝摇摇晃晃，"给予"的能力非常奇特，当然，如果是飓风的话，它们则会被吹折了。能逃脱这场灾难真是幸运！

决定诺玛·沃特金博士结业的会议推迟到明天下午；我终于有那么几个小时的时间可以在书桌前写作，感到异常快活安详……稍微松了口气。

8月12日，星期四

昨天可真是不同寻常。凯茜·伯德来吃午饭，我们快活地畅谈了四个小时。多年来她一直给我写信，圣诞节时送给我自家做的糖果、干果布丁，可我却从未和她见过面。在她第一次给我写信时，她和她丈夫约翰住在华盛顿特区，现在他们住在南达科他州弗米利恩的一处农庄上。“这是我的儿子们。”她说道，指着她的两个男孩，菲利克斯和本杰明，两人相差一岁。他们特意先领养了本杰明，一半黑人血统的孩子，这样可以使他在一开始是唯一的孩子，一年后他们有了菲利克斯，他们自己的小男孩。

我热切地想知道他们为什么要搬到那么远的地方去。凯茜告诉我，在华盛顿住了一年后，他们俩都感到一定得避开城市生活，这样一来，他们在年鉴上查看一些州的情况，选了其中觉得可以定居的五个州。这五个州移民少，在他们有生之年变化不会太大，他们定居在那里不会由于将来人口增多而被挤走。后来，作为律师的约翰便开始在这几个州寻找工作，他是搞农业法的，当南达科他州大学录用了他后，他们就这样定了下来，搬过去了。

终于和这位出色的年轻女子见了面，真是太好了，她本人比送给我的照片上的她要漂亮多了，她很自信，很会安排他们夫妇共同的生活。她告诉我她回东部探亲，探亲的一个月里她明白了一件事情，离家一个月时间真是太长了！在她说这话的时候，我可以感觉到她对那地方的眷恋，她眼里闪着光亮，谈到了邻居和在那里认识的朋友们。我的心也受到了牵拽，不管怎么样，我得趁孩子们还没长大时到那里去看看他们。

她走了后，我觉得我们彼此在各方面都获得了真正的交流，而且一切都是那么自然平易，这是因为我们通过书信来往相互了解了对方。当有这样的来访时——这一夏天已有过好几次——我知道，虽说我不停地抱怨总在答复信件，这些从工作中认识的朋友大大地丰富了我的生活，有时候这些朋友成了我终生良朋，我也成了他们的终生益友。

8月17日，星期二

是该合上这本日记了。我不必再一天一天地数下去，我要开始构思一本新小说。我渴望重新生活到想象的世界中去，那里有我认识的人们，我对他们非常了解，在那里我可以讲心里话。在一本打算出版的日记作品中要把什么都讲出来是不可能的。

八月对我来说一直是一个安详宁静的月份。园子里的活计可以停下来，等到秋季时再接着下种球茎。这日空中静谧，可以听到周围昆虫有节奏的嗡嗡声，几只蟋蟀在鸣叫，这一切都在预示着即将来临的季节变化。

几个星期后《世界之光》将会出版，这本书的出版让我非常高兴，我会把书包装好送给朋友们。有那么一个星期左右，我会尽情地享受这本书带给我的喜悦，随后照例又是评论界体无完肤的批评。让我就停在这儿吧，停在这幸福的顶峰，我生活中充满了快乐，这快乐又一次激发了我内心创作的激情。

图书在版编目（CIP）数据

海边小屋 /（美）梅·萨藤（May Sarton）著；杨国华译. —南京：译林出版社，2019.4（2025.8重印）
（梅·萨藤作品）
书名原文：The House by the Sea
ISBN 978-7-5447-7569-4

Ⅰ.①海… Ⅱ.①梅… ②杨… Ⅲ.①日记－作品集－美国－现代 Ⅳ.①I712.65

中国版本图书馆 CIP 数据核字（2018）第270450号

著作权合同登记号 图字：10-2017-526号

海边小屋 [美国] 梅·萨藤 / 著 杨国华 / 译

责任编辑 李浩瑜 宗育忍
装帧设计 胡 苨
校 对 李 娟
责任印制 颜 亮

原文出版 Norton, 1995
出版发行 译林出版社
地 址 南京市湖南路 1 号 A 楼
邮 箱 yilin@yilin.com
网 址 www.yilin.com
市场热线 025-86633278
排 版 南京展望文化发展有限公司
印 刷 南京新世纪联盟印务有限公司
开 本 850 毫米 ×1168 毫米 1/32
印 张 8.5
插 页 4
版 次 2019 年 4 月第 1 版
印 次 2025 年 8 月第 7 次印刷
书 号 ISBN 978-7-5447-7569-4
定 价 42.00 元